Luz de Néon

Helena T.

Copyright © 2022 by Helena T.

Grafia atualizada segundo o Acordo Ortográfico da Língua Portuguesa de 1990, que entrou em vigor no Brasil em 2009.

Edição: Felipe Damorim e Leonardo Garzaro
Arte: Vinicius Oliveira e Silvia Andrade
Revisão: Carmen T. S. Costa e Lígia Garzaro
Preparação: Leonardo Garzaro e Ana Helena Oliveira
Imagem de Capa: Eduardo Muylaert

Conselho Editorial:
Felipe Damorim, Leonardo Garzaro, Lígia Garzaro, Vinícius Oliveira e Ana Helena Oliveira.

Dados Internacionais de Catalogação na Publicação (CIP)
(Câmara Brasileira do Livro, SP, Brasil)

B728

Helena T

Luz de néon / Helena T – Santo André - SP: Rua do Sabão, 2022.

192 p.; 14 X 21 cm

ISBN 978-65-86460-50-6

1. Conto. 2. Literatura brasileira. I. Helena T. II. Título.

CDD 869.93

Índice para catálogo sistemático
I. Conto : Literatura brasileira
Elaborada por Bibliotecária Janaina Ramos – CRB-8/9166

[2022]
Todos os direitos desta edição reservados à:
Editora Rua do Sabão
Rua da Fonte, 275 sala 62B
09040-270 - Santo André, SP.

www.editoraruadosabao.com.br
facebook.com/editoraruadosabao
instagram.com/editoraruadosabao
twitter.com/edit_ruadosabao
youtube.com/editoraruadosabao
pinterest.com/editorarua

"A gota serena é assim, não é fixe."
Sargento Getúlio, João Ubaldo Ribeiro

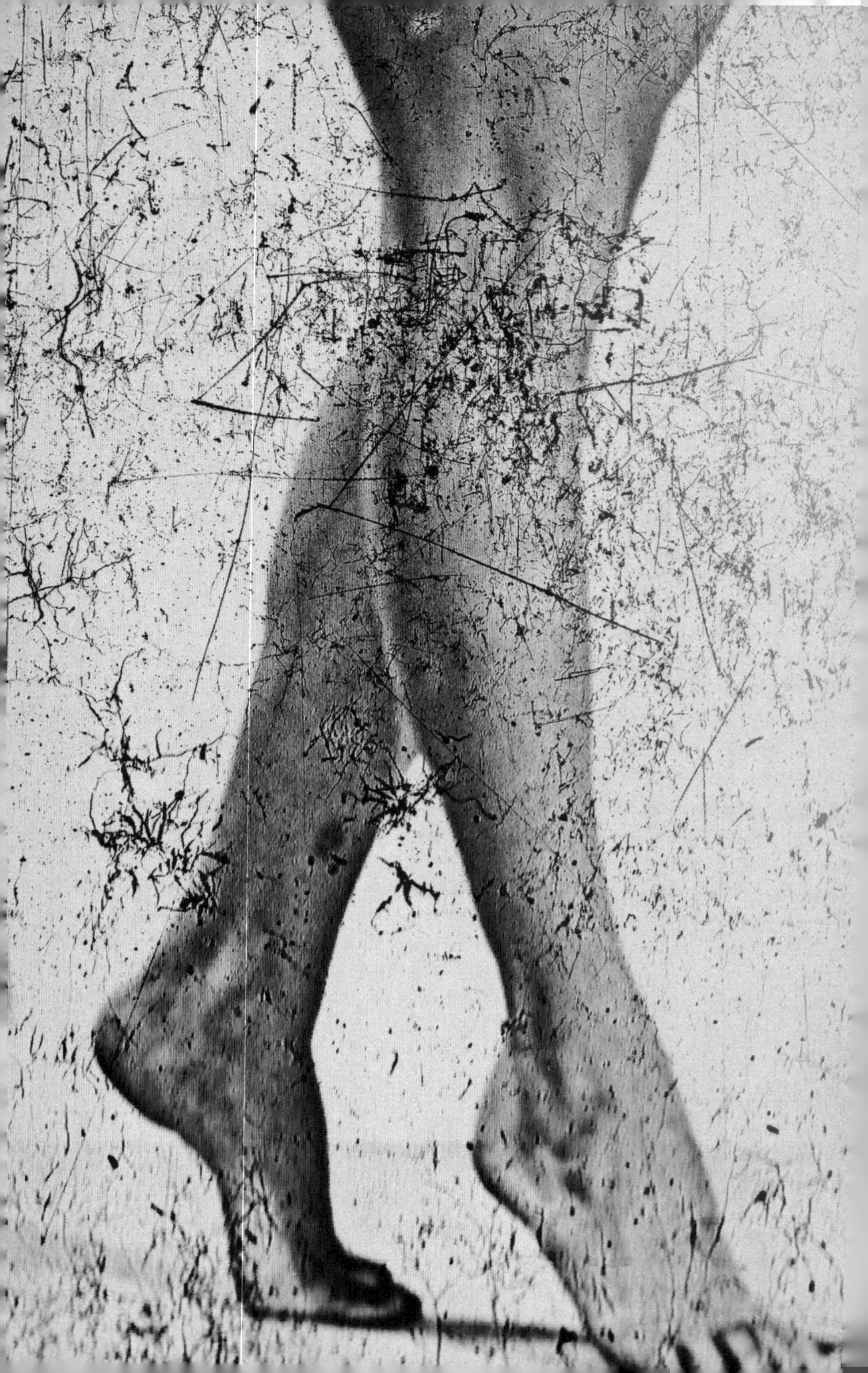

Para Juva Batella (*in memorian*), com quem compartilhei o gosto pela precisão das palavras.

Transformação 9

Não faz mal se tudo terminar 10

31 de dezembro 16

Aviso de resgate 21

Dolores, rainha 34

Bom dia, Havana 41

Circo Mágico 50

A refeição 57

Luz de néon 66

Revelação 69

Do outro lado da rua 70

Pompa e circunstância 74

Enigmas 79

Beautiful boy 84

Animal de estimação 86

Desaparecido 88

A praga da tia 94

Delírios e alucinações — 99

O escolhido — 100

A modista — 106

Desmemória — 111

Calandre da Avon — 121

Invernos — 126

NY, adeus — 140

Meu caro Nada — 143

Sinais vitais — 146

Conto para Cortázar — 149

Transfiguração — 151

Café da tarde — 152

Naftalina — 155

Em coma — 162

O Rainha — 166

A vida como ela era — 177

Até o fim — 182

Menino-pipa — 186

Última cena — 188

Transformação

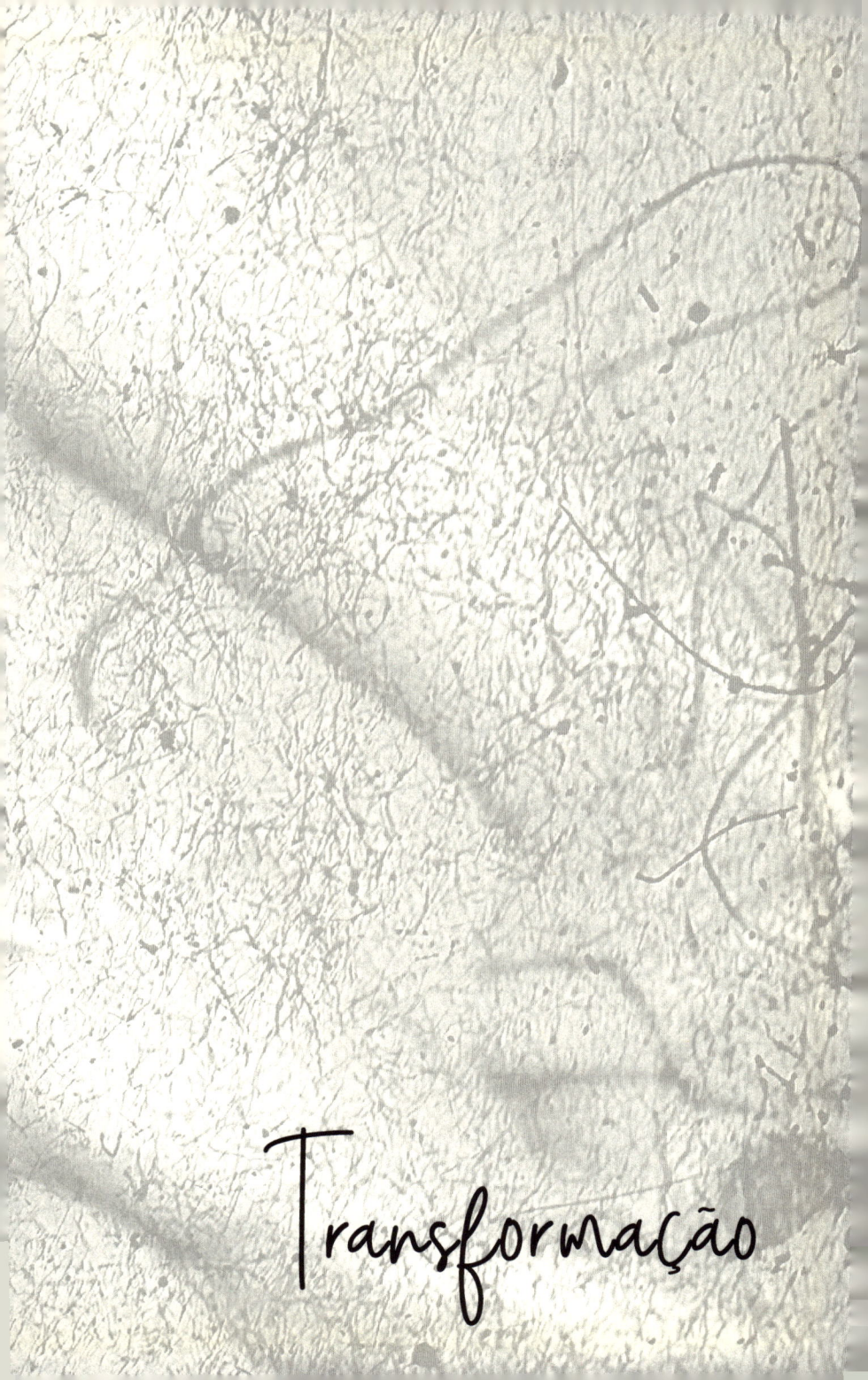

Não faz mal se tudo terminar

Levou um soco na cara. Tem um corte perto do olho, o local está inchado e vermelho e brilha sob o curativo manchado de sangue. No braço esquerdo, traz uma região esfolada logo abaixo de onde costuma dobrar a manga da camisa.

Chega em casa mancando, carrega a velha bolsa de couro pendurada no ombro e o olhar cansado de todos os dias. Sua mulher está de costas para a porta, põe na mesa os pratos das crianças, macarrão com molho e frango. Quando Joel entra, ela não se vira, mas reclama do atraso.

— Outra reunião na escola, Joel? Vai ter que arrumar uma desculpa nova que nessa daí não caio mais não.

O menino mais velho chama sua atenção, Mãe! E dirige o olhar para o pai. Raivosa, Marina se vira para encarar o marido.

Dias atrás, ela havia descoberto que o cheiro de mofo que sentia ao abrir o guarda-roupa do quarto vinha de um vazamento no banheiro. É o rejunte, dona, disse o encanador, tem que passar um silicone onde a pia encosta na parede. Marina avisou Joel, é coisa de homem. Fez de propósito, como denúncia à ausência e indiferença do marido com as questões da casa, da família. Sabia que ele não tomaria providência alguma, como vinha acontecendo nos últimos tempos.

— Que foi isso, Joel? Briga? Chegou a esse ponto?

A mágoa acumulada não deixa que ela demonstre o quanto havia se assustado com a aparência dele, a camisa manchada, o sapato sujo.

Sem silicone, a umidade continuou a invadir o armário do quarto. Marina levou alguns dias suportando o cheiro de mofo, aguardando uma reação do marido. No final de semana anterior, como sempre, Joel havia espalhado papéis e cadernos sobre a mesa, preparando aulas ou corrigindo provas. Marina achou um bom momento e novamente pediu que ele providenciasse o reparo no banheiro. Joel levantou a cabeça, fez um gesto desconexo e voltou a se ocupar do que fazia. Teve a impressão de que ele não a via, embora olhasse para ela. Um fantasma, pensou, somos fantasmas um para o outro, não nos enxergamos mais.

— Briga — confirma Joel depois de um tempo, como se fizesse um grande esforço. Tenta dar um sorriso para confortar as crianças e segue em direção ao corredor.

Joel, o primeiro namorado, o primeiro amante. Casou grávida. Havia amor, companheirismo, mas não havia paixão. Com o tempo, Marina passou a duvidar de que Joel fosse um homem de paixões, quaisquer paixões. Sempre foi contido, agia por correção mais do que por vontade. O segundo filho, uma menina, veio por gosto. Joel pegou o terceiro emprego, à noite, aula de geografia num cursinho de vestibular.

— Espera, Joel, aonde você vai?

— Vou ao banheiro, Marina, depois pretendo me deitar.

— Assim, sem mais nem menos? Entra aqui todo arrebentado, diz que se meteu numa briga e vai se deitar? Sem dar nenhuma explicação?

Marina está incrédula e raivosa, as crianças olham assustadas — para ela, para o pai.

— Como eu disse, vou me deitar — repete Joel pausadamente. — Só quero um copo de água, por favor.

Marina percebeu que suas insinuações sobre o reparo na pia do banheiro não levariam a nada, pegou as crianças e foram os três ao mercado. Na volta, trouxe uma pizza e o silicone. Secou a junta da pia com o secador de cabelo e aplicou o produto. Joel pediu que ela fechasse a porta do banheiro, o barulho do secador atrapalhava. Apoiada na pia, Marina esticou a perna e chutou a porta.

— Comam, crianças, a comida vai esfriar. Vou levar a água pro papai e já volto.

— Posso ligar a tevê? — pediu a menina.

— Hoje pode, só hoje.

Joel está sem camisa, há um vergão do lado esquerdo no peito, quase abaixo do braço esfolado. Uma costela, ele explica, na hora em que caí sobre o braço. Marina tem vontade de chorar, a pena que está sentindo é maior que todo o ressentimento acumulado. Pena de ambos por terem se deixado chegar àquele desamor. Põe o copo sobre a mesinha.

O passo seguinte foi esvaziar o armário. Usou o secador de cabelo como havia usado no banheiro, depois fez uma boa limpeza com água e vinagre. Deixou as portas do armário abertas durante todo o domingo. Alguns objetos estavam úmidos, mofados, a caixa com o álbum de casamento quase se desfez quando Marina a tocou.

— Que briga foi essa, Joel?

— Um aluno que reclamou da nota. Já tinha acontecido com outros, era só uma questão de tempo. Ia acontecer comigo também.

Marina sente uma revolta difusa e imensa de tudo, da vida que levam, dos abusos, das esperas em filas, guichês, do saldo negativo no banco, dos abraços que não aconteciam mais — o desejo negado, esquecido.

Não sabe o que dizer, sai do quarto.

Sentou na cama e abriu o álbum com as fotos úmidas, enrugadas. Pareciam tão jovens, os dois, tão envelhecidos agora, em quantos anos? Doze, treze? Por onde anda essa gente que ela já não via mais? Os padrinhos, aquele primo que veio de outra cidade para o casamento com uma namorada, o que foi feito dele? Casaram? Nunca mais soube, se foram como todos. Ali está seu pai, tão implicante com o seu namoro, morreu em pouco tempo, e a avó e mais uma prima, tão jovem, num acidente.

Havia mofo e manchas nas fotos que se desprendiam da lombada, conforme Marina virava as páginas do álbum. Um lixo, pensou, de nada serve. Deu um suspiro, o alívio substituiu a indecisão. Levantou, foi até a cozinha e descartou o álbum desfeito na lixeira.

Não é capaz de jantar. Tira a mesa, arruma a louça na pia e põe as sobras na geladeira. Vai até a área de serviço, quer fumar um cigarro; afasta as roupas penduradas no varal e se apoia no parapeito da janela. Perde a noção do tempo.

As crianças dormem no sofá quando Marina volta à sala. Não está bem, tem uma agonia, então se ocupa dos filhos ainda por um tempo, evitando o momento de entrar no quarto, encarar Joel.

Ele está deitado de lado, voltado para a parede da janela. Quer lhe fazer um afago, como não faz há tempos, mas sente uma vergonha, não conhece mais a textura da sua pele, nem sente mais o cheiro masculino.

— Dói? — consegue perguntar.

— O medo? Dói, sim. Tenho medo o tempo todo.

De madrugada, Marina vai até a cozinha, vasculha a lixeira e retira o álbum de casamento. Depois de fechar todas as portas por causa do barulho, seca as fotos com o secador de cabelo.

31 de dezembro

1951

Assim disse o moço no rádio do carro: Vinte e três horas e cinquenta e oito minutos. E depois: Você sabia que o caranguejo olha para trás achando que está olhando para a frente? E que o mosquito pode voar um quilômetro em sete minutos? Depois do Sol, quem ilumina seu lar é a Galeria Silvestre, a galeria da luz.

Daqui a pouco vai ser ano-novo, explica seu Amadeo, o motorista, faltam dois minutos para a meia-noite. Ele sabe que eu ainda não entendo o que é isso de vinte e três horas e cinquenta e oito minutos como diz o moço no rádio.

Vamos romper o ano, tinha falado a minha mãe, e então eu pensei que romper não devia ser lá uma coisa muito boa, tive medo. Acho que isso quer dizer que nessa noite vai ter algum trovão muito forte e raios. Não sei, só sei que estou assustado com isso, o ano-novo que vamos romper à meia-noite.

Estou no carro com o motorista, como da outra vez, quando eu tinha cinco anos, mas não me lembro do que aconteceu, acho que dormi. Estou aqui porque não quis ir à festa de romper o ano com papai e mamãe. Meus irmãos foram, mas eu não fui porque fiquei com medo, mas também porque não gosto de barulho, de pessoas falando alto, muita gente, multidão. Não sei por que não gosto, essas pessoas nunca gritaram comigo, nem romperam nada. Bem, eu acho que não romperam, mas não posso ter certeza. Então mamãe deixa que eu fique aqui no carro com o motorista enquanto eles estão na festa. Seu pai está contrariado, diz mamãe. Não sei o que é estar contrariado, só sei que coisa boa não é.

Seu Amadeo acabou de falar comigo de novo, mas eu estava distraído lembrando da história do caranguejo e porque o moço também disse: O segundo é um milagre que não se repete, e fiquei pensando que milagre eu sei o que é, mamãe já me explicou, é como uma mágica que Deus faz. Às vezes nem é Deus que faz, mas a mãe dele, que se chama Nossa Senhora.

Tem hora que eu queria que minha mãe fosse Nossa Senhora. Minha mãe, que se chama Lucinda, não faz milagres, senão ela tirava o medo de mim. O que ela faz é mandar eu rezar pro anjo da guarda, pedir pra ele me proteger das coisas de que tenho medo, mas não dá muito certo porque eu continuo do mesmo jeito. Acho que vou rezar pro anjo da guarda e pedir o milagre da minha mãe virar Nossa Senhora Lucinda.

Falta um minuto, menino, diz o seu Amadeo, um minuto. E o moço do rádio continua falando: Você sabia... mas eu já não presto mais atenção porque fiquei bem nervoso, um minuto, e então pego na mão do seu Amadeo e aperto, porque não ia dar tempo mesmo de rezar pro anjo e pedir o milagre que eu queria, o milagre de não ter medo.

2017

Faltam poucos minutos para a passagem do ano, pena que já não posso saber quantos exatamente porque eu teria que me mexer, e estou tomado por um profundo cansaço de tudo. Erguer a mão em busca do celular vai exigir de mim uma vontade que não tenho.

Falta pouco, mas não sei quanto. Dos cinco aos doze anos foi regra acompanhar os estertores finais do ano pela Rádio Relógio Federal do Rio de Janeiro, no carro, na companhia do motorista. A hora certa do Observatório Nacional, vinte e quatro horas no ar, em todos os minutos da sua vida — era algo assim que falava o locutor. Não sei o que houve com a rádio, e o motorista, seu Amadeo, já se foi há bastante tempo.

Portanto, estou aqui na casa da praia numa infinita preguiça, sem ter certeza das horas, embora saiba que falta pouco para romper o ano, como diria minha mãe, Lucinda.

A família está na festa de um vizinho aqui perto. A desculpa foi o sono do neto pequeno. Percebi que os outros ficaram aliviados com a minha disposição de voltar para casa com ele. Eu, o mais aliviado de todos.

Nunca me acostumei com essas festas em que as pessoas se veem obrigadas a uma falsa intimidade. No meu caso, não vejo o menor sentido em desejar felicidade a quem quer que seja, que dirá a desconhecidos. Felicidade é um estado de espírito de cuja existência duvido muito.

Romper o ano não se usa mais, agora é réveillon. É pedante. Continua sendo o tipo de ocasião em que prefiro estar sozinho, embora hoje tenha o neto deitado ao meu lado. Quantos anos terá? Seis? Revejo nele, respiração calma, a minha solidão de menino assustado com as perseguições e ameaças indefiníveis e aleatórias das penitências e dos pecados — minha culpa, minha culpa, minha tão grande culpa. Qual culpa? O que eu haveria de saber àquela altura a não ser o que me diziam sobre o olho de Deus a perscrutar, seu dedo em riste definindo o destino dos bons e dos maus? Quem rompeu o ano foi você, menino? Confesse.

Nossa casa fica na beira da areia. Um muro de arrimo feito de pedras contém a arrebentação se o mar fica mais violento. Isso acontece pelo menos duas vezes por ano.

O que sempre me espantou não foi a água volúvel e dona de si a invadir a casa, mas as transformações provocadas no muro de arrimo e na areia da praia. Há uma força persistente que nem os pedregulhos do muro são capazes de conter, os alicerces surgem envergonhados como genitais expostos. A praia se extingue ou se expande conforme a provocação mais ou menos impetuosa das ondas. E, no entanto, em tempos normais de cheia e vazante, apesar da veemência constrangedora do mar, tudo permanece o mesmo, oceano, areia, muro, ainda que tenham transcorrido anos e anos rompidos e muitos réveillons solitários.

Assim é. No fim, nada de novo.

Pneu carecou? HM trocou — dizia o locutor antes ou depois de informar as horas, ou depois e antes, não lembro bem. Você sabia que o coração da baleia da Groenlândia... a mosca voando em linha reta dá a volta... você sabia que a pulga salta... você sabia, você sabia...

Não, até hoje não sei de nada a começar de mim mesmo, e me pergunto como sobrevivi até agora desejando não ter sobrevivido ano após ano, o tique-taque-plim-plim das horas e minutos e segundos sem interrupções até o trecentésimo sexagésimo quinto dia de cada ano a recomeçar insistente sem pausas na zero hora de um novo ano devidamente rompido, cruelmente rompido, talvez, sem que os segundos em seus milésimos tivessem sequer recuperado o fôlego.

Há uma algazarra, eu ouço, o brilho dos fogos clareia lá fora. Abraço a criança que se mexe, se ajeita. Sinto um profundo amor por ela. Nossa Senhora Lucinda, orai e olhai por nós, peço sem muita convicção e, no entanto, querendo tê-la. Insisto: protegei, Lucinda, das dores do medo este seu filho e o filho do meu filho, protegei todos os filhos.

Agora é silêncio, só o mar aclama o novo, de novo, tudo como antes, a areia, o muro, por todos os séculos e séculos.

Aviso de resgate

No táxi, percebeu que roía as unhas de nervoso. Controle-se, se impôs. Cerrou os punhos e os escondeu entre as pernas. Precisava se distrair, chegar até a casa dos sogros mais calma e dona de si, para não assustar. Olhou pela janela, conhecia o trajeto, levaria ainda uns dez minutos. Muito. O carro parou no semáforo, o motorista coçou o nariz com força de um jeito estranho. O semáforo abriu, o motorista continuava a coçar o nariz, os movimentos cada vez mais vigorosos em ritmo crescente. O que há com esse nariz? Não conseguiu desviar os olhos, nunca havia visto alguém coçar o nariz daquele jeito, nem com tamanha energia, um homem moço, cabelo bem curto, pescoço rijo e largo, a mão direita firmemente encostada na lateral do nariz, os movimentos, o ritmo, a pressão, o balanço do carro, num transe foi apertando as coxas, os punhos entre elas iam se aproximando aos poucos da sua virilha e acompanhavam os movimentos do motorista. Horrorizada, se viu excitada com aquilo.

Louca, ficou louca? Seria a falta que sentia de R.?

Não éramos um casal comum, nunca fomos verdadeiramente apaixonados. O gatilho havia sido uma gravidez inesperada e o casamento, a primeira de outras decisões pouco pensadas, como ter mais filhos e dívidas, e uma vida meio louca entre casa, escola, consultório, mercado. Reagimos, autômatos, à avalanche dos acontecimentos como acontece quando quem manda é o sexo. Entre nós havia um sim permanente, bastava o convite de um olhar, e em nome disso fizemos muitas loucuras na cama e fora dela. Amantes apenas pelo sexo, estávamos desobrigados dos desacertos tão comuns aos casais que se amam de verdade. O desejo blindava a relação. Parecia perfeito.

Tínhamos três filhos, o último, um bebê, quando R. foi levado. Estava escrito no bilhete que encontrei na cozinha ao esquentar a mamadeira no meio da noite: Fui sequestrado, não chama a polícia. Como assim? Que brincadeira de mau gosto. Levei a mamadeira para o bebê e fui procurá-lo. R., chamei sem obter resposta. Seu lado da cama vazio, eu já havia percebido ao acordar. Muito estranho. Vi que as crianças dormiam e desci até a garagem do prédio. O carro estava na vaga. Voltei ao apartamento sem saber o que fazer. O celular, onde está o celular? Na mesinha de cabeceira, como sempre, mas não achei a carteira que ele costuma deixar no aparador ao lado da porta junto das chaves. Estavam lá, as chaves, mas não a carteira.

Não chame a polícia — então, quem, meu Deus, para quem ligar àquela hora da madrugada?

R., um sujeito tímido, medroso até, a quem poderia ameaçar com seu jeito de cão perdido, de menino de quem levam a bola do jogo? Mil possibilidades e nenhuma delas parecia razoável. Terroristas? R. era o engenheiro responsável pelo setor de tintas de uma grande indústria, vai ver alguma coisa de guerra química. Sequestrado pela milícia do quarteirão, aquela besta do síndico, máfia russa, a puta que pariu? Eu não fazia ideia.

 Devo ter pegado no sono, a cabeça apoiada nos braços sobre a bancada da cozinha, ainda a segurar o bilhete. Despertei com o choro do bebê e com a sensação ruim de que havia alguma coisa muito errada na minha vida. Levei uns minutos para atinar com o que havia acontecido. R., sequestro, polícia. Preparei o café das crianças na correria habitual, deixei os filhos mais velhos na escola e o bebê na creche sem nem pentear os cabelos, de chinelos.

 Na volta, a casa silenciosa foi a deixa para liberar o pânico. Fui sequestrado, não chama a polícia, dizia o bilhete. Meu Deus, o que é isso? Só então me dei conta de que a letra firme do bilhete não se parecia com a de alguém em situação de perigo. Fui sequestrado, não chama a polícia era mais uma explicação que um aviso. Seria uma armação? Estaria envolvido com alguma bandidagem de que eu não tinha a mínima suspeita?

 Desmarquei os clientes. Era preciso ficar em casa à espera de um contato. Além disso, o mínimo que eu podia fazer para sentir algum controle sobre a situação era mergulhar nela. Vasculhei gavetas e armários atrás de indícios de que ele pudesse estar envolvido em alguma situação perigosa, uma fraude na empresa, sei lá, se bem que R. seria incapaz de alguma atitude fora dos trilhos, mas vai saber? Filho único, mimado, seguia o manual do sujeito de boa índole e educação melhor ainda. Se algum pecado cometia era comigo, luxúria abençoada pelo matrimônio, papel passado e tudo.

Não encontrei nada. Sem provas concretas, passei em revista as lembranças à procura de um incidente qualquer, um fato. É certo que, desde o nascimento do último filho, R. estava diferente, distante. Eu mesma andava mais cansada, três filhos, um ainda bebê, noites mal dormidas. Não fazíamos sexo como antes, isso sim, bem incomum.

Decidi que não falaria com ninguém até ter alguma certeza sobre o rumo das coisas. O dia passou e à noite eu estava desesperada sem ter notícias. Percebi que havia esquecido de tomar banho e de comer, mesmo assim não fiz uma coisa nem outra.

Adormeci de exaustão, sono pesado. Acordei assustada antes do amanhecer. Pensamentos horríveis tomaram conta de mim, R. ensanguentado amarrado a uma cadeira, R. morto com um tiro na testa, R. esquartejado. Levantei agoniada e andei pelo apartamento, entrava e saía dos quartos das crianças. Era sábado, o bebê chorou acordando os irmãos mais velhos e logo a casa ganhou movimento, minha cabeça explodia, mal conseguia falar com as crianças, perturbada com as imagens horríveis que me voltavam a todo instante.

Onde está o papai? Viajando. Quando ele volta? Vai demorar. Se meu pai estivesse aqui ele deixava. É, mas ele não está, sua mãe é que está, percebeu? Você não entende nada, papai é que sabe consertar o skate. Vamos levar para seu tio. Meu tio não sabe também. Então azar. Quero o meu pai!

Levei as crianças ao parque, eu mesma precisava de ar, sair daquele sufoco, mas não consegui ficar. Conferia o celular a cada minuto, além do mais, a alegria dos outros me incomodava. Como as pessoas riam e se divertiam se viver é um suceder de sustos, quando menos se espera acontece um desastre? Pela primeira vez me vi furiosa com R., com os sequestradores, se é que existiam mesmo. A raiva foi se acumulando em mim, tremia, tinha vontade de gritar com aquela gente descontraída que se divertia no parque, parem com isso, não estão vendo a minha agonia? Pensei no cliente arrogante que me intimidava, imaginei sua bocarra aberta, eu com a broca indo cada vez mais fundo, destruindo o que restava do dente até alcançar o nervo, o cara pulando da cadeira e eu rindo, gargalhada de quem perdeu o juízo por completo... Tá chorando, mãe? Não, claro que não, é areia que entrou no olho, vamos voltar pra casa, tem muito vento aqui.

No final da tarde, exausta pela espera e a responsabilidade de não dividir minha aflição com ninguém, decidi que avisaria os pais dele. Convenci minha irmã a ficar com as crianças.

— Nossa, você está horrível. O que aconteceu? Cadê o R.?

— Depois te explico.

Pedi pizza, beijei as crianças, chamei um táxi. Nem me preocupei em me arrumar, que pensassem o que quisessem da minha aparência desleixada.

— Dona? Dona? Tá tudo bem? Chegamos... É aqui, o endereço que a senhora deu?

Eu encarava o rapaz sem conseguir me mexer. Sentia uma ardência no rosto, mistura de vergonha e desentendimento. Por quem R. foi sequestrado? Por um amor?

— Dona!

— Ah, desculpe, é aqui, sim.

Saí do carro, mas não toquei a campainha do portão. Precisava organizar as emoções e já nem tinha mais certeza se deveria entrar. A suspeita de que R. tivesse encontrado o amor explodiu na forma de perigo e lucidez. Não sabíamos lidar com o amor, nós dois. Éramos como sócios de projetos comuns, os filhos, a prestação do apartamento. Falávamos pouco de sentimentos e frustrações, fazíamos piada das dificuldades, dávamos tapinhas nas costas como companheiros de jogo, não há de ser nada, deixa pra lá. Nossa vida em comum girava sem outras exigências do corpo numa intensidade que não pedia nada mais.

Ainda no portão, não vi de onde arrumar coragem para enfrentar meus sogros tão confusa que estava, mal sabia definir o que sentia, talvez fosse ciúme, talvez decepção, medo. Talvez amor. Seria assim, o amor? Vontade de dizer coisas, ser invadida por calma e certeza apenas porque a pessoa está com você? Insegura e triste se ela não está?

A ideia de R. envolvido com alguém me incomodava menos do que a de R. amar alguém e, mais ainda, de esse alguém conhecê-lo como eu nunca havia conhecido, meu marido, pai dos meus filhos. Tive uma espécie de saudade, curiosa daquele homem estranho para mim, um R. apaixonado.

Alisei o cabelo, enxuguei o nariz na manga do casaco e me decidi, tocaria a campainha e pediria: me ajudem, quero meu marido de volta.

Fiquei espantada com a acolhida do sogro, que me abraçou logo ao abrir a porta.

— Insistimos que ele a procurasse — disse ele —, mas trancou-se no quarto e nem quer falar conosco.

Então foi isso, ele se apaixonou por alguém, não soube como enfrentar a situação e simplesmente fugiu para a casa dos pais. Covarde.

— Seu filho está aqui com vocês? E eu desesperada? — gritei.

— Também ele está desesperado, minha filha, chegou hoje cedo depois de passar a noite num hotel.

Cheia de raiva, desviei de meu sogro e fui até o quarto. R. estava deitado e lia, inclinado sob a luz do abajur. Ao vê-lo bem, minha fúria escapou, senti um alívio enorme, uma sensação leve e alegre de quem, enfim, pode tirar um cochilo depois de um longo almoço. Com ele foi diferente, sentou-se na cama, recuou para um canto junto à parede, escondeu o rosto entre os braços, os joelhos dobrados e ergueu as mãos num gesto de quem quer se render.

Amar é assim? Esse impulso de afagar o outro, conter o que transborda, recolher pedaços para recriar o que se desfizera?

Fui até ele com uma ternura que nunca sentira, toquei sua mão, ele aceitou o contato. Levou uns segundos até estender os dedos e os cruzou com os meus, ergueu um pouco a cabeça, sem ainda olhar para mim. O calor de sempre, eletrizante, se propagou entre nós.

* * *

Fui sequestrado, não chama a polícia, escrevi. Voei como um balão do qual se solta o ar, num trajeto louco e livre, tal o alívio que senti ao decidir matar minha mulher.

Mesmo que vivêssemos juntos durante toda a vida, acho que jamais chegaria a conhecer M. por inteiro. Talvez por isso eu tenha decido matá-la: pelo mistério que ela é para mim.

Aprendi a não ter expectativas sobre suas reações, mas agora isso tem se tornado insuportável. Não a vi chorar no enterro do avô com quem se dava muito bem, nem se mostrou alterada quando nosso filho do meio foi operado de emergência com apendicite. Decidida, tomou as providências necessárias enquanto eu paralisava de medo. No entanto, se encheu de fúria ao presenciar numa praça a agressão de um pai ao filho. Temi que M. fosse interferir e eu detesto brigas. Embora seja um cara ponderado, que argumenta sem levantar a voz, tomaria qualquer atitude para defender minha mulher, mesmo que não soubesse como fazê-lo. Para o meu bem, ela se conteve, silenciosa na sua revolta.

Isso é comum em M., não expressar seus sentimentos. Mesmo no sexo há quietude nas suas reações, é com o corpo que fala e registra, exceto seus orgasmos, acompanhados de um som que me faz pensar em ondas que emergem das suas entranhas, a vibrar pela boca entreaberta. De resto, seu desejo é silêncio e intensidade, usa meu corpo como se fosse um mapa onde busca caminhos e destinos e nele se encaixa. Somos uma única massa tensa.

    Foi o sexo, aliás, que nos levou um ao outro, quando nos conhecemos num bar com amigos. Jamais havia topado com uma mulher como ela, com firmeza e intenção com que me olhava. No fim da noite, segurou minha mão, me puxou para um canto afastado da rua, me beijou. Quero ver você de novo, disse. Hoje penso que talvez seja mais fácil para M. demonstrar emoções com desconhecidos, como éramos então, ou como desconhecido era o pai que agredia o filho na praça.

    Há uma blindagem nela que me impede de tocá-la por dentro, alcançar seus sentimentos. Seu corpo, entretanto, é meu, sei disso. Não no sentido da posse, mas do alcance. Houve fases em que suspeitei da sua fidelidade, de que eu não pudesse satisfazer sozinho a intensidade do seu desejo. Investiguei o que pude, dei incertas nos horários, surrupiei o celular e em nada tive provas de que houvesse outro alguém.

    Nunca me disse o que sente por mim, e eu não perguntei, com medo da resposta. Por isso não digo o que sinto, há uma relação assimétrica assustadora entre nós. Se eu me declarar e ela não corresponder, talvez se sinta constrangida e, diante disso, não estou certo de qual seria sua atitude. M. reage de forma imprevisível, pode ignorar por completo se eu lhe falar do meu amor, e a vida seguiria como está, e pode, silenciosa como sempre, ir embora com as crianças. Com esse gesto diria: não te amo. Estou exausto.

Depois que nossa filha caçula nasceu, uma outra M. nasceu também, mais meiga e feminina, porém um pouco menos sensual. O desejo se transformou, ganhou um tom de cumplicidade, nos tornamos companheiros. Tive esperança que ela não precisasse tanto do corpo para expressar seus sentimentos, embora tenha se desfeito em parte o que nos atraía, o prazer dos sentidos, a busca irreverente pelas sensações sem que precisássemos da intervenção das palavras.

Ter uma filha talvez tenha sido reparador de um passado não muito feliz. Como num folhetim antigo, sua mãe havia fugido com a trupe de um circo que se alojara por uns tempos na cidade onde moravam. M. era apenas um bebê e foi criada pelo pai e a irmã. Desconheço a amplitude do que isso causou na sua personalidade. Lembro que nem alterou a fisionomia ao saber, anos atrás, que alguém havia visto sua mãe com um grupo de teatro no Recife.

Esse tipo de coisa me deixa confuso e muito inseguro em relação a M. Seu semblante é sempre plácido, uma máscara indecifrável, embora afável e levemente sorridente diante do que ouve ou vê. Responde com frases firmes e diretas tanto a uma pergunta trivial quanto a uma indagação desconcertante. É íntegra, verdadeira, mas sua imprevisibilidade, o fato de eu não conseguir decifrá-la, tem acabado comigo. O fato de não saber se ela me ama.

Tenho mil palavras reprimidas que envenenam meu sangue, tornam minha mente delirante. O não dito me consome.

Exausto de me conter e apenas falar com o corpo — a linguagem que M. instituiu entre nós e que aceitei —, eu sentia a urgência de palavras. Não só precisava, mas queria encontrar em mim o discurso sobre a emoção. Precisava buscar o encontro através da voz, o olhar além do toque. Quis desmentir a soberania do corpo na nossa relação, atravessava as noites na angústia de evitá-la na cama ao meu lado, usei de fingimentos, me ausentei de mim, dela, dos filhos. No fim, já não me distinguia, era falso e sem firmeza. Fiquei doente, minha alma doía, o corpo padeceu.

Consultei um psiquiatra, em princípio porque precisava ser medicado contra a insônia e o alto grau de ansiedade em que me encontrava. Depois compreendi que a queixa principal era o não dizer, um tumor que bloqueava o ar, tirava o apetite, impedia o descanso. Ainda assim, desacostumado de usar a palavra para expressar emoções, custei a chegar ao ponto de deixá-la fluir, ouvir minha própria voz a falar de mim e, assim, entender.

Minha mente passou a funcionar melhor, de modo que, no último ano, fiz meus planos para matá--la, não a pessoa, a mãe dos meus filhos, nem o amor, que este não se mata, mas a imagem de M. colada à minha existência.

Dei espaço à raiva por não ser amado, passei a alimentar o ressentimento mórbido dos rejeitados, que não se acalma. Ressuscitei mágoas antigas, busquei defeitos em M., corrompi suas virtudes, fui ríspido muitas vezes para provocá-la, romper seu olhar vazio, inerte e incrivelmente doce que me deixa louco, reaja, pedia em silêncio, grite para mim os xingamentos mais imundos, atire-me coisas!

Fui sequestrado, não chama a polícia. Foi uma forma covarde e canalha, agi como um desertor que abandona o posto e a pátria e faz de si um exilado. É claro que ela não pode amar um rato abjeto e nojento como eu, merece um homem que saiba como rondar suas fronteiras até alcançar o que ela não entrega a si mesma. Não bastou que eu a amasse perdidamente.

* * *

Marisa dá um passo para trás, o toque eletrizante não foi de desejo, foi de embaraço, está confusa. Ainda encolhido e encostado à parede, Rui ergue a cabeça. Tem o olhar aceso com uma mensagem que ela não compreende, uma espécie de loucura, um desacerto. Olhar de febre. Num gesto de permissão e indiferença, ele deixa que a mão de Marisa escorregue da sua e se instala entre eles a resignação.

Sente-se envergonhada por Rui, pelo tamanho com que ela o vê agora, diminuto. Não lamenta, porém, o breve instante em que o havia amado, e se alegra por isso ter acontecido, aquele súbito conhecimento do amor foi o bastante para ela.

Passa os olhos pelo quarto arejado e limpo, intacto das meninices de Rui. Repara nas prateleiras sem pó, na madeira reluzente da escrivaninha como se tudo estivesse pronto para que ele retornasse a qualquer momento. Ou nunca tivesse saído. A guitarra descansa no mesmo suporte e, nos lugares de sempre, as caixas de som. Marisa imagina que se abrisse o armário encontraria as roupas antigas de Rui recém-lavadas.

Ah, você nunca deixou de ser um menino, até mesmo na cama, sôfrego como um adolescente em plena puberdade, moleque de calças compridas, terno e gravata.

Marisa suspira e sorri, está calma. Antes de sair, entrega a ele o celular, vai fazer falta, diz. Hesita em relação ao molho de chaves da casa, do carro, mas não o tira do bolso da jaqueta.

— Não deixa de ir ver as crianças, elas têm saudades — pede.

Rui escuta os passos de Marisa pelo corredor, pela escada. Ouve o rumor confuso das despedidas lá embaixo e o bater do portão. Só então alivia as amarras do corpo, relaxa, estica as pernas. Por sorte não havia fechado o livro com a entrada repentina de Marisa no quarto. Moby Dick está no chão, as capas abertas voltadas para cima, o capitão Ahab prestes a enfrentar o monstro que se arremessa contra o costado do navio.

Na rua, Marisa levanta o braço para um táxi, que não para. Desiste e caminha em direção à estação do metrô, não tem pressa de chegar em casa.

Dolores, rainha

Na copa acanhada, um cubículo sem janelas no final do corredor, o sexo era servido com gosto e sofreguidão.

Por volta das onze e meia da manhã, aqueciam-se as marmitas em banho-maria. Não havia espaço para nada, eu e mais os outros dois office-boys que também trabalhavam no escritório almoçávamos de pé. Tínhamos pressa, os minutos de folga eram preciosos. Quando acontecia de os dois saírem, eu ficava, preferia um cochilo para enfrentar o colégio à noite.

Na primeira vez em que Dolores se encostou em mim na copa, esfregando os peitos nas minhas costas, pus a culpa na falta de espaço para justificar sua ousadia, afinal, quem era eu? No fim, foi isso que colaborou para os momentos tórridos, loucos e insensatos que vivemos juntos: a falta de espaço aproximava os corpos, a copa estreita e aquecida, fervia a pele.

Eram os anos 1960 e eu tinha quinze anos, recém-chegado à capital. Um tio que era ascensorista no prédio havia me arrumado aquele emprego. Andar pelo centro da cidade me deixava deslumbrado, olhar as pessoas, entender o que faziam, um mundo cheio de novidades para mim.

Tudo que eu sabia sobre sexo até então havia sido aprendido nas conversas ouvidas no barbeiro, na porta dos botecos ou nas esquinas com quem sabia pouco e inventava muito. Já na capital, as revistinhas de sacanagem que passavam de mão em mão às escondidas tornaram as coisas mais explícitas e funcionavam como bomba-relógio com data e hora para explodir. Eu ficava louco pela falta de privacidade. Em casa havia um único banheiro disputado com duas irmãs mais velhas que me tratavam como um pirralho de necessidades desprezíveis.

Depois daquela primeira esfregada dos peitos de Dolores, além dos sonhos eróticos que me faziam molhar os lençóis, eu morria de vergonha das ereções que tinha cada vez que ela passava perto de mim.

Solteira, tinha um corpo espetacular, sem ser exatamente bonita de rosto. Cintura fina, ancas largas, sua ascendência espanhola se denunciava pelos gestos amplos e de uma dançarina de flamenco. Certamente tinha mais do que o dobro da minha idade, exalava a efervescência de uma mulher pronta para a procriação, o instinto a reduzir a razão a zero quando o corpo se vê chamado a perpetuar a espécie. Tudo isso eu intuía na época, sem compreender muito da vida e nada sobre as mulheres.

Havia a história de um noivo jamais visto, o prometido que deveria conter a fêmea fogosa, o macho que nunca se anunciara e de quem eu sentia um ciúme desconsolado pela inexistência do alvo. Passei a vigiar os telefonemas de Dolores, a vasculhar sua correspondência e a viver em permanente sobressalto, tendo bastado até então o roçar dos seus peitos nas minhas costas.

A copa transpirava do vapor do banho-maria que havia aquecido as marmitas, na tarde em que Dolores me puxou para o cubículo, desabotoou a blusa e tirou os seios do sutiã. Quase morri, mas me ataquei com eles desesperadamente e ejaculei em segundos.

Passei a tarde sentado atrás de uma das mesas tentando disfarçar a mancha na calça. Nas vezes em que precisei me levantar e ir à rua, dei um jeito de esconder a virilha com um envelope grande, invejando Dolores, que circulava com desenvoltura entre as mesas do escritório, me deixando louco.

Naquela tarde, eu havia sido batizado, era um homem.

Não demorou para que passássemos a trocar olhares cheios de significados e promessas associados àqueles momentos na copa. Também não demorou para que eu aprendesse o que fazer com as mãos e a boca e a reconhecer os gozos de Dolores nos vale, vale, vale!, quando toda ela estremecia e me estreitava ainda mais ao seu corpo, me arranhava as costas sobre a camisa, me beijava o pescoço, as orelhas.

Numa certa época, resolveu nos dar aulas de boas maneiras à mesa, a mim e aos dois outros rapazes. Depois das marmitas devidamente aquecidas, ela nos fazia sentar na copa estreita, nos servia os pratos e nos mostrava como usar os talheres. Ficávamos amontoados em bancos, os cotovelos se entrechocando, mas Dolores não perdia a classe. Foi ela que introduziu o guardanapo de papel na minha vida, uma descoberta incrível para quem estava habituado a limpar a boca na beirada da toalha. Tivemos aulas de etiqueta com ela: abrir a porta para as senhoras, aguardar que entrassem primeiro no elevador, puxar a cadeira para que sentassem.

Eu sabia que ela fazia isso por mim, embora nunca tenhamos sequer conversado, nem mesmo a respeito do que acontecia na copa. Os outros dois rapazes funcionavam como desculpa para que nosso romance continuasse em segredo, era o que eu pensava. É claro que, para mim, se tratava de um romance. Eu estava apaixonado, embora nunca tenha sabido de seus sentimentos e nem de coisa alguma da sua vida. Nossos encontros na copa se resumiam a sexo e nossas conversas a gemidos.

No meu aniversário ganhei dela uma camisa. Durante a manhã, Dolores havia feito alguns sinais que me deixaram indócil, fiz mil fantasias, mas os outros meninos não saíram naquele dia depois do almoço, frustrando minhas expectativas. No final do expediente, pela primeira vez Dolores disse meu nome, Carlinhos, não vá ainda, tenho um serviço para você. Minhas pernas tremeram e comecei a suar. Fomos imprudentes naquele dia, o chefe e a secretária ainda estavam no escritório quando ganhei de Dolores a camisa e os gemidos mais arrebatadores até então, de ambas as partes.

Esqueci de Dolores com a mesma rapidez com que gozava na copa. No final daquele ano, passei na prova para uma escola técnica e consegui uma vaga de assistente administrativo num outro emprego. Usava gravata, camisa e sapato sociais e me achava um garanhão, confiante e cheio de conversa com as meninas. Uma das camisas era aquela que Dolores havia me dado, mas nem me lembrava mais disso, encantado que estava com o meu novo status e as novidades que me aconteciam.

Ultimamente dei pra pensar em Dolores. Jantava com minha segunda mulher e de repente me veio à cabeça que ela estava com a mesma idade de Dolores à época em que tivemos o nosso caso. Aquilo me desconcertou na hora, fui tomado por imensa saudade do garoto que eu era, saudade da inocência e daquele não saber dos sofrimentos, das perdas inevitáveis, dos outros gozos fantásticos que ainda teria e das decepções igualmente inevitáveis que a eles se seguiriam. Viver era então desconhecer as barganhas sórdidas, as mentiras, as ascensões fantásticas e os tombos de mesmas proporções.

O que têm a ver comigo esses dois meninos que se dizem meus filhos? Se pudessem me evitavam — e eu a eles. Não criamos vínculos, mal me lembro de como eram quando crianças, aliás, parece que sempre foram como agora, dois bostas metidos, achando que são melhores do que os outros. Meus filhos? Meus? Que fracasso.

Minha mulher me estendeu a carta de vinhos, não disse uma palavra e ainda faz um muxoxo que entendo como uma expressão de tédio. Não sei o que pensa sobre coisa alguma a não ser futilidades. Tem sempre uma desculpa para não me acompanhar se vou ao subúrbio visitar minha família. Prefiro que não vá.

Quem somos, nós quatro em torno da mesa nesse restaurante da moda, onde sou obrigado a dar gorjeta para passar na frente dos outros? Estranhos, somos estranhos e eu o bosta maior de todos.

Com náusea, levantei da mesa e fui até o banheiro. Que cretino, digo ao espelho, meneio a cabeça, tenho um sorriso de deboche. Havia confundido ser alguém com ter coisas, mulheres, casas, coisas, só coisas. Eu, que fiquei louco de felicidade com o primeiro par de sapatos aos dez anos de idade.

Quem você pensa que é, um figurão intocável, um super-homem? Alguém imprescindível que ao morrer sua ausência detonará o mundo? Tudo o que você fez na vida, velho, foi fachada, ninguém se lembrará de você no dia seguinte à partilha dos seus bens. Vão detonar tudo o que você acumulou de ativos, bens, grana, casas, aquele barco ancorado no Iate Clube que só dá despesa.

Voltei para a mesa em cacos. Ninguém notou meu silêncio, ocupados com o mundo fora dali que acontecia na telinha do celular.

Desde então, tenho tido a coragem de encarar quem eu sou. Minha vida perdia a graça a cada dia, nada estava bem para mim, a conta suculenta num paraíso fiscal, o filho campeão de golfe na liga juvenil, a linda mulher muito mais jovem do que eu. Fui me tornando um sonâmbulo. Não, não é verdade, continuei a ser o que sempre fui, um robô, frio por fora e por dentro.

Talvez Dolores ainda se lembre de mim. Talvez eu seja uma boa lembrança para ela.

Com o correr dos dias, encontrar Dolores virou uma obsessão, tal como pagar uma promessa não cumprida: no fim, a promessa era eu mesmo, aquele que eu deveria ter sido. O sexo malfeito numa copa estreita e abafada fez de mim muito mais do que fui depois disso.

Levou um tempo, mas descobri Dolores num bairro tranquilo de subúrbio. Do outro lado da rua, admirei sua casa, um sobrado, desses com um portão de ferro pequeno e uma escada de dois lances na lateral, terminando numa varanda em arco. Um jasmineiro caía por cima do muro, encobria um pouco a porta da garagem, dava para sentir o perfume. Um lugar bem cuidado e calmo.

Ela veio pela calçada, tinha uma sacola de compras — altiva, Dolores rainha. Arrastava um pouco os pés ao andar, um cão latiu no jardim quando ela chegou mais perto e fez menção de abrir o portão. Espera, Dolores, espera!

Talvez eu tenha gritado. Talvez não.

Bom dia, Havana

Vi o casal com a menina pela primeira vez no café da manhã, um casal de férias como tantos. Sentaram-se à mesa ao meu lado e os cumprimentei. A garota deve ter cinco ou seis anos, demanda cuidados do casal, a mulher não exatamente bonita; ele, moreno, de barba, mais vistoso que ela. Canadenses, supus, pelo inglês que falam. Há muitos canadenses no salão do hotel em Havana. O turismo cresceu desde a última vez em que estive aqui. Na verdade, se tornou a principal atividade econômica do país depois do fim da União Soviética.

Acompanho as festividades dos sessenta anos da Revolución por uma televisão atrás do bar. Vejo o novo presidente ao lado do antecessor, Raúl Castro. Estão em Santiago de Cuba, primeira cidade a ser ocupada pelos revolucionários. É uma festa contida, tensa, longos discursos. Tenho a impressão de que o povo cubano, que sempre se mostra alegre e conversador, se enche de seriedade quando se trata da sua política.

O casal conversa em tom baixo e a menina se comporta como uma princesa, assim como eu gostaria que se comportassem as minhas filhas, sempre geniosas e briguentas. Apesar disso, já tenho saudades da confusão que aprontam. Acabo por sentir falta de chamar a atenção delas e apartá-las, dos choros e da rebeldia.

Ao entrar no salão para a café da manhã seguinte, cruzo com o casal e a menina e nos cumprimentamos, estão de saída. Inauguramos aquela espécie de cordialidade que aproxima desconhecidos fora do seu país, ainda mais se compartilham o mesmo ambiente. Dificilmente vamos nos lembrar uns dos outros no futuro, mas naqueles dias nos tornamos companheiros no nosso estrangeirismo.

Vou ao terraço, uma brisa deixa tudo bem agradável apesar do calor que faz. Desfruto daquele momento. No centro de Havana há sempre latido de cachorros, às vezes um uivo, e muita música, mesmo durante o dia. Acompanho o trânsito de escolares, é cedo ainda. A cada retorno a Cuba sinto que entendo um pouco mais o país e sua gente. Não é certo, por exemplo, que amanhã terão a quantidade de pão que comeram hoje, mas aparentemente aceitam que seja assim. Tenho dúvidas se estão conformados com a vida que levam, ou se querem mesmo levar essa vida. Ouço de tudo, que sim de alguns, que não de outros.

Vejo que o homem e a menina saem para a calçada e observam a praça em frente ao hotel. A mulher, a uns poucos metros de mim, acende um cigarro, mantém o olhar distante e pensativo dos fumantes.

Tenho percebido que é raro que ela se dirija à criança. Em geral é o homem que toma a iniciativa de levar a menina pela mão ou arrumar a fita em seu cabelo, é ele quem lhe traz o prato com torradas e queijo. A mulher, que se ausenta desses momentos, me parece um pouco fora de foco naquele quadro familiar.

Muitas vezes intervenho, e não raro me arrependo, quando acho que a mãe das minhas filhas precisa ser contida nos exageros com elas. Deixe que façam sozinhas o que podem fazer sozinhas, repito com frequência, mas tenho me cansado dessa insistência inútil. Fui criado sem mimos de espécie alguma, ao contrário, a ordem era me virar da melhor forma sem pedir ajuda. Foi bom para mim. Minha mulher pensa do mesmo jeito, embora não consiga se conter e se antecipa a qualquer dificuldade das nossas filhas, colocar meia, calçar um sapato. Deixa, eu digo. Em vão.

Ontem fui ao Museu da Revolução numa hora de folga. Duas mulheres se sobressaíram no exército guerrilheiro e ambas assumiram cargos importantes no governo revolucionário. Admirei a força, a consistência das atitudes, tanto quanto a permanência da feminilidade que enxerguei nelas, mulheres bonitas nos seus uniformes, olhar firme, combateram e sobreviveram às balas. Fiz fantasias sobre aqueles tempos de solidão na selva, instintos à flor da pele, o tesão da luta e dos corpos.

Sinto saudades da minha mulher. Não andamos muito bem no casamento, temos tido pouca paciência um com o outro ultimamente. As meninas tomam espaço demais, embora isso não seja desculpa nem explicação, sei bem. Se estivéssemos a fim criaríamos oportunidades. A verdade é que por razões diversas estamos um pouco fartos da rotina da família, de casa, do trabalho, um pouco fartos de nós.

Minha estada em Havana foi um convite da Academia Latino-americana de Literatura para um encontro sobre o autor cubano Alejo Carpentier. Veio no momento certo, um refresco para nós dois, Juliana e eu, para o nosso casamento.

Fico perdido nesses pensamentos e não vejo mais o casal.

Já estou no salão do café da manhã quando o casal entra. Como sempre, a mulher vem na frente. Tem um porte comum e até sem graça, o tipo de pessoa que não chama a atenção. Ela passa por mim com o rosto sério, carrancudo mesmo. Tento um sorriso, mas apenas o homem que vem atrás com a menina me faz um aceno discreto com a cabeça.

O casal ocupa a mesa em frente à minha. Há alguma coisa errada. A mulher está brava, raivosa, fala entre os dentes, tem os olhos apertados e há ódio neles. O tom das vozes não sobe, mas sinto que a tensão aumenta a cada instante. Ele se mantém imperturbável, o que, aparentemente, a enerva ainda mais, vejo pelo guardanapo de pano que ela aperta com uma das mãos, com a outra dá socos no tampo da mesa, abafados pela toalha branca. Logo se inclina para ele, penso que vai atacá-lo tal a fúria que demonstra, os dentes cerrados, posso sentir o perigo e quase me levanto para impedi-la, quero intervir. A criança!, falo a mim mesmo, você está assustando a criança. Obviamente não faço nada, abaixo a cabeça, a cena me atinge em cheio, não quero assistir àquilo e nem quero que se sintam invadidos pelo meu testemunho.

A menina parece não perceber o que se passa, mas quem pode garantir o que sente ou pensa uma criança? Ela toma o suco, o homem passa a mão na sua cabeça, num consolo talvez a si mesmo. Esse gesto parece ter detonado o processo, a mulher se levanta subitamente, derruba a cadeira, a menina se assusta, chora, a mulher sai, o homem conforta a criança.

Não sei o que fazer, espeto com o garfo os pedaços esparsos do ovo mexido, cabeça baixa, olho diretamente para o prato, sou tomado por um constrangimento enorme. Preferia não ter visto, preferia que não tivesse acontecido. Estou triste. Não lembro o que fiz ao me despedir de Juliana, minha mulher, se beijei nossas filhas como gostaria, não lembro. Estava ligado em mim, um pouco aflito para abandonar tudo e excitado com a perspectiva de novidades na minha vida. A culpa me aborrece.

O homem continua calmo, sai do terraço levando a menina pela mão. Ele a protegeu, penso, e não há como não me perguntar a essa altura que espécie de pai tenho sido afinal? Perdi o apetite.

Passo o dia perturbado, ausente das conversas, indisposto para contribuir com as discussões. Elaboro hipóteses: foi ciúme, ele se empolgou com a música numa das bodeguitas espalhadas por Habana Vieja, dançou com uma moça cheia de requebros e ela se aborreceu; ele avisa que devem interromper as férias, recebeu uma ligação do trabalho. Não, ela recebeu uma ligação do trabalho e precisa retornar urgentemente, brigam por causa disso, ela o acusa de machista, que sempre foi um machista e tem inveja do sucesso profissional dela.

Às vezes me sinto um pouco assim a respeito do que faz Juliana, pesquisadora do Instituto Oswaldo Cruz. Ela e sua equipe vibram a cada solução que encontram, toda descoberta é importante, uma leva a outra. Sim, eu invejo isso, o inesperado do seu dia a dia, as conquistas, o triunfo final.

Durante o jantar, nosso grupo — somos quatro professores da América Latina, além de duas americanas —, numa conversa nada acadêmica, com mais rum do que lucidez, discutiu sobre a ausência de advérbios na obra de Gabriel García Márquez. O verbo é o verbo, uma ação é o que ela é, se alguém enfiou o pé na porta, essa ação é violenta por si só, tornando dispensável o advérbio *violentamente*, alguém na mesa exemplificou.

O rum e eu concordamos na essência: não há advérbio capaz de modificar a ação de uma mulher que sai furiosa da mesa do restaurante e abandona o marido e a filha bem no meio do café da manhã; que, além disso, não dá bola para a insegurança que a criança possa sentir, aliás, parece não se importar mesmo, nem olha para a filha. A menos que não seja sua filha... eram enteada e madrasta! Será?

Com essa súbita compreensão, quis refletir a respeito e me despedi do grupo confirmando a ida à praia de Santa Maria del Mar no dia seguinte, conforme o combinado.

A ausência do casal no terraço pela manhã me deixou desapontado. Não só queria sinceramente vê-los bem, como buscar indícios que comprovassem minha hipótese: havia ali um casal recém-formado, sendo a mulher a madrasta. E talvez a briga do dia anterior pudesse se ligar à mãe da menina, eterna rival. Tudo se encaixava, principalmente a indiferença da mulher no trato com a menina, num contraste flagrante com a afetividade do homem ao se relacionar com ela. Ciúmes, eis a base da discórdia, não de uma moça qualquer, mas da mãe biológica da menina, a ex-mulher, ciúmes descontados na garota. Cruel.

Santa Maria fica a vinte e cinco quilômetros de Havana, percurso que fizemos numa van alugada. Só há turistas porque os cubanos vão à praia apenas nos meses que não têm a letra R — maio, junho, julho e agosto —, as águas estão mais quentes, justificam.

O mar do Caribe é de um azul assombroso, mas em geral calmo, não agrada a surfistas como eu, ou como fui, melhor dizendo, há tempos não pratico, especialmente depois que nasceram nossas filhas. Desde que presenciei a briga do casal no restaurante na manhã anterior, não telefono para casa. Estou me ocupando da vida de desconhecidos e deixando a minha de lado.

Isso me deixa ainda mais aborrecido porque não tenho respostas, mas, assim que me levanto disposto a dar um mergulho, reconheço o casal e a menina a poucos metros de onde estou. Nem acredito na minha sorte. Fico excitado com a perspectiva de saber se fizeram as pazes, parece que sim. Trocam carinhos, ela deitada ao sol, o homem e a menina brincam na areia ao lado. Sinto um alívio tremendo e finalmente relaxo. Converso, bebo, mergulho enquanto acompanho de longe a movimentação do casal. A certa altura, o homem se afasta para uma caminhada e a mulher se movimenta com a menina na beira da água. A pequena está agachada na areia, a mulher consulta o celular, de vez em quando fotografa a garota e eu penso que talvez estivesse enganado na minha tese da madrasta. Quantas e quantas vezes participei da mesma cena, minhas filhas pedindo que eu cavasse um buraco na areia, a excitação aflitiva das duas, seus gritinhos estridentes se uma onda destrói o castelo logo que o aprontamos. Lamento não poder telefonar para elas naquele exato momento, morro de vontade, entretanto não há sinal para o celular.

    Enquanto me distraio com essas lembranças, perco alguma coisa, pois vejo que agora a menina está estirada por inteiro numa depressão à beira d'água com a mulher a cobrir seu corpo com areia. Algo me incomoda naquilo, fico atento e me sento para observar melhor. De fato, a mulher prossegue na tarefa de enterrar a menina, logo só resta visível a pequena cabeça, seus cabelos muito ruivos a contrastar com a areia branca. E então a mulher se ergue e se afasta, de novo ocupada com o celular. Entro em pânico ao ver a menina enterrada, paralisada, só. Procuro pelo pai, onde está o pai? Meu coração dispara, a menina está imóvel, enterrada — Juliana, onde estão as meninas? Sofia! Helena! Estou de pé, pronto a correr até a garota e desfazer a cova, tenho as mesmas mãos crispadas da mulher no dia anterior, meus dentes cerrados como os dela, a vontade furiosa de mudar o cenário — qual cenário?

    Não espero para ver, tudo aquilo me desconcerta, me incomoda. Afinal, nada tenho a ver com a vida deles, e tenho feito bem pouco com a minha própria vida, que inclui Juliana e as meninas. Entrei num clima de angústia, andei de lá para cá na beira da água, mergulhei, mas ainda me sentia muito mal, alguma aflição presa no peito. Decidi voltar ao hotel, menti às pessoas dizendo que havia esquecido de um compromisso, tomei um táxi. Levei o resto do dia em tentativas para antecipar a volta. Consegui um voo para o dia seguinte, pagando a multa de bom grado.

Estavam lá no café da manhã, o casal e a menina. Faço um cumprimento com a mão, mas ainda não me recuperei do impacto de ontem na praia, não me mostro cordial como tenho sido. Na urgência de estar com a minha família não pensei mais neles, me ocupei dos trâmites da volta, de comunicar aos curadores do evento a minha decisão. Nossa próxima reunião está marcada para a Cidade do México, prometo encontrá-los, mas não sei.

Ah, bendito Alejo Carpentier. A leitura do seu conto Volta à semente, um canto de retorno ao começo de tudo, ao fundamento das decisões, me fez companhia na noite mal dormida. A frase: Tudo se metamorfoseava, regressando à condição primeira —— quase no fim do texto, ficou em mim.

Quem éramos, Juliana, você e eu, ao nos descobrirmos? O que quisemos um do outro, o que planejamos para nós? Como está Sofia, seu rosto sério, um pouco assustado, e Helena, com um jeito de encantada? Por que estamos juntos?

É nosso último café da manhã. Ela pega a bolsa, fica de pé e se volta para o terraço, antecipando seu encontro solitário e prazeroso com o cigarro. Olha para o homem, sorri e lhe estende a mão, que ele beija num gesto elegante.

A criança, entretida com alguma coisa no seu vestido, ergue a cabeça, entende que a mulher se afastará e diz numa pergunta: mamã?

Circo Mágico

Fugiu com o circo quando já não se falava mais nesse tipo de coisa. Mas fugiu. Um grupo mambembe havia se instalado na cidade e ele viu ali o seu lugar. Era o caçula de nove irmãos e o único a ter certeza do que queria fazer na vida: dançar.

Os pais tinham um empório de secos e molhados, e a família se dividia entre os filhos homens a cuidar do comércio e as mulheres professoras. Todos moravam perto uns dos outros. Havia gente demais e atenção de menos aos mais novos, entre eles, o caçula. Nasceu de um susto, costumava dizer a mãe, já avó de alguns netos na época em que Zeca veio ao mundo. De tanto ouvir, ele acreditou: havia nascido de um susto. Foi na aula de catecismo que pensou haver descoberto o significado do seu destino.

Aconteceu de aos seis anos se apaixonar pela moça que dava aulas de catecismo na igreja aonde iam aos domingos. Você ainda é muito pequeno para fazer a primeira comunhão, avisaram. Zeca insistiu. Sai pra lá, menino, deixa dessas coisas, não aborrece. Zeca não sossegou. Pai e mãe perderam a paciência, os tios debocharam dele, acusando o menino de um pecado ou outro — mentiu, fez sacanagem. Uma das irmãs contornou as arestas e ele foi matriculado nas aulas.

Zeca esperava ansioso a missa chegar ao fim para o catecismo começar. Sentia-se então no céu, distraía-se embevecido com a voz da catequista, sem prestar muita atenção ao que ela dizia. Era o primeiro a chegar, o último a sair. Sempre em companhia dela, iam juntos até esquina, ela desarrumava seu cabelo num gesto de despedida, ele tinha vontade de chorar de tão emocionado.

Numa das aulas, o mistério de ter nascido de um susto se revelou: sua mãe é uma espécie de Nossa Senhora, e ele, um ser concebido por obra do Espírito Santo, como mostravam os desenhos do livro de catecismo, a mocinha ajoelhada, um anjo a lhe trazer a notícia. Tudo fez sentido — nasceu de um susto — quem não se assusta com espíritos, sejam santos ou não?

Daí para a frente temeu por seu futuro. Passou a ter pesadelos com crucificações e coroas de espinhos. Chegava a acordar no meio da noite cheio de pavor, sentindo o sangue a escorrer pela testa, as mãos e os pés doloridos como se tivessem cravos enterrados neles. No começo gritava, a mãe ou uma das irmãs vinha acudi-lo. Como os pesadelos se sucediam noite após noite, com o tempo já ninguém mais se importava e ele tratava de se acalmar por si mesmo, pedindo ajuda ao anjo da guarda. Afinal, como Zeca havia aprendido, era para isso que os anjos existiam.

A dança o salvou do medo, onde o medo surgira, nas aulas de catecismo. Quando as crianças passaram a ensaiar as músicas para a celebração, já nos primeiros acordes, Zeca sentiu seu corpo reagir à melodia de forma incontrolável.

— Quer ir ao banheiro, meu filho? — perguntou a catequista.

Todo mundo olhou para ele, e Zeca ardeu de tanta vergonha. Não estava nem um pouco com vontade, mas concordou, e ela o liberou. No banheiro cantarolou a música e fez alguns passos de dança. Sentiu-se leve, solto, redimido. Salvador do mundo como Jesus Cristo.

— Demorou, Zeca! — chamou sua atenção a catequista.

— Dor de barriga — disse ele, e pensou que não podia esquecer de incluir a mentira na lista dos pecados na hora da confissão ao padre.

A paixão pela professora foi substituída pela paixão pela dança. Já não importava mais ouvir sua voz ou se enternecer pelo afago na cabeça. Se, como um bom filho de sua mãe Nossa Senhora, salvar a humanidade era sua missão, Zeca estava convencido de que seria pela dança. Às vésperas da primeira comunhão, ele lembrou à mãe do traje, roupa branca, uma vela comprida, com um laço de fita também branca. Levou uma bronca.

— Assim, em cima da hora? — revoltou-se a mãe, ocupada demais para sequer se lembrar dos compromissos do filho.

Zeca se culpou, devia ter falado antes. Mais um pecado para a lista.

As irmãs e os irmãos foram convocados para encontrar entre os pertences da família bermudas e camisas brancas que coubessem em Zeca. Não foi tão difícil afinal, dada a quantidade de gente envolvida. Uma bermuda meio solta, uma camisa meio apertada com as mangas meio curtas, e pronto. Houve uma dificuldade com a bermuda: escorregava de tão grande.

Não havia um cinto branco. Nada demais, porém, improvisou-se uma faixa do quimono de um sobrinho que treinava jiu-jítsu. Só foi preciso mesmo comprar um par de tênis brancos — os disponíveis, açoitados pelo uso, não tinham condições mínimas de se apresentarem numa cerimônia de tamanha santidade.

Chorou durante a missa, a família se comoveu: o menino tem vocação, vai ser padre, cochichavam. Sua comoção, porém, era de outra natureza. Zeca se espantava cada vez mais com a reação de seu corpo à música, dos músculos que tremiam ao ritmo dos acordes, da sensação de liberdade e expiação. Condenado a existir por ter nascido de um susto, intuiu que estaria a salvo das crucificações e das coroas de espinho desde que seu corpo pudesse se libertar através da música.

Logo descobriu ser fácil obter o desejado. Tratava-se apenas de mais um entre tantos a concorrer pela atenção da mãe, das irmãs mais velhas, instrumentos de permissão ou impedimentos. Bastava ser quieto, ordeiro, obediente e até certo ponto malicioso para escolher a hora certa de fazer um pedido. Com um pouco de esperteza conseguiu ser matriculado numa escola de dança. Irmãos e sobrinhos passaram a implicar com ele. Mulherzinha, zombavam, e lhe davam um cascudo. Isso o deixava confuso, não entendia qual era o problema, todos dançavam, homens e mulheres, como ele via nas festas. Mas já havia aprendido a não revidar, a se fingir de morto, melhor assim.

A estratégia serviu-lhe na vida como nunca. Era o único menino na escola de balé, mas de tal maneira se continha apenas no seu prazer de dançar, sem dar importância ao que acontecia ao redor que, em pouco tempo, esqueceram de azucriná-lo pela sua condição de estranho.

Cresceu sabendo que seu destino ia além dos espelhos da sala de ensaio, dos acordes do piano, da casa onde vivia, da cidade onde morava. Filho de um susto de Nossa Senhora, tinha a missão de entregar corpo e sangue à dança.

* * *

Zeca sabia o que era um circo, mas achou impossível aquela montanha de tralha descarregada de dois caminhões virar um circo conforme entendia ser um circo. Levaram um dia inteiro e mais parte de outro. Zeca acompanhou passo a passo a marcação do terreno, a colocação das estacas e do mastro, a amarração das cordas. O circo foi criando forma aos poucos, e Zeca foi se transformando aos poucos também, na medida em que tudo se armava até alcançar o auge do espetáculo: a lona azul e branca. Uma certeza se expandiu dentro dele na forma de grande euforia, o Circo Mágico era a sua casa.

Iniciados os espetáculos, Zeca não largou pé de estar por lá acompanhando a função, a ponto de os artistas o confundirem como um deles durante todo o tempo em que o circo esteve na cidade.

Lá se foram uma noite e um dia, e a família ainda não dera por falta dele depois que, peça a peça desmontado, o circo havia partido. Não vi o Zeca o dia todo, por onde andará o peste? Deve tá com a Sarinha. Não, não tá. Com o Oswaldo? Também não.

Pai, você viu o Zeca? Hoje ainda não. Ninguém viu, mãe, liga na escola de dança, cadê o Zeca, meu Deus? Vou dar umas porradas nesse moleque quando aparecer, ele que se cuide. Deixa pra lá, Zeca não é mais criança, está mais alto que eu. Não dormiu em casa, achei que estava com a Marilda, falou de ir pegar um caderno. Vai lá na delegacia, fala que o Zeca sumiu. É ele, mãe, é ele no telefone!

     A mãe foi atender entre gritos e choros, a família ao redor, os irmãos xingando o Zeca de tudo quanto é nome, as mulheres dando graças a Deus. Logo a mãe gesticulou, pedindo silêncio e um banco da cozinha, precisava se sentar. A conversa se estendeu e a quietude também, aos poucos o grupo se dispersou, a mãe monossilábica, com uma das mãos segurava o telefone, com a outra enxugava a bochecha e o nariz, fungava e assentia com a cabeça. Algumas irmãs de Zeca e duas ou três crianças permaneceram ali ou iam e vinham, aguardando por notícias. Por fim, ela desligou o telefone e passou o dia sem conversar, sem se entreter com a balbúrdia costumeira onde muito se falava e pouco se ouvia. Acharam por bem deixá-la, ninguém a incomodou com perguntas.

     Permaneceu assim por uns tempos, reservada, entregue aos pensamentos, a expressão do rosto às vezes constrita, às vezes aliviada. As filhas passavam por ela e lhe faziam afagos; os filhos mantinham um ar de ligeira repreensão, quem pensa que é, o safado, para deixar nossa mãe tão estranha assim? O marido, que só se aproximava dela ao receber sinais de ser bem-vindo, se via paralisado, em dúvida sobre o aceno a fazer para consolar a ambos.

     Numa noite ela acordou como se acorda de um pesadelo, com um salto, um grito. Sentou-se na cama totalmente alerta, sabia enfim o que fazer. Não esperou amanhecer para arrumar a mala. Ainda bem cedo chamou a filha mais velha, pegue o carro, vamos encontrar o Zeca.

O Circo Mágico tinha se instalado numa cidade não muito distante, chegaram pela hora do almoço, a lona azul e branca já montada para um novo espetáculo. Estranharam, o cenário recebia um novo olhar agora, olhar de quem procura compreender, parecia bem maior do que se lembravam.

Havia um grande movimento no local, pessoas iam e vinham nos seus afazeres, pouco prestando atenção às duas mulheres. A mãe tomou a iniciativa, tirou a mala do carro, deu uns primeiros passos indecisos, mas logo seguiu resoluta em direção à lona, entrou na arena. No ar abafado era forte o cheiro de serragem e suor. Circo mágico, sussurrou — é mágico? Testou o banco da fila mais próxima, estava firme, sentou-se.

— Filha, procura teu irmão.

Alguém ensaiava numa sanfona, um bumbo tocava de vez em quando. Havia trapézios presos a plataformas, a rede de segurança mantida enrolada num dos mastros que sustentava a lona azul e branca. Tudo muito frágil, pensou ela, transitório.

Enxergou a silhueta do Zeca contra a claridade na abertura da lona, estava crescido o seu menino, deu pra ver. Sentiu o peito inchado de expectativa, a boca seca de não saber o que dizer. Não disse nada, ele veio, ela o abraçou, entregou-lhe a mala. E foi isso.

— Mande notícias — quase nem conseguiu pedir antes de ir embora.

A refeição

O garçom derrama o azeite numa tigela branca, gira a garrafa em círculos e entorna o líquido com cuidado e elegância sobre um ramo de alecrim, um dente de alho esmagado e minúsculos pontos pretos de pimenta-do-reino. Com uma tesoura, corta ligeiramente as pontas de um maço de manjericão trazido num vaso, e o verde se espalha sobre o azeite. Ao lado, pousa uma cesta de pães e uma tigela com flor de sal. Na mesa, sentada em frente a mim, Belinha fala sem parar.

— Está me ouvindo, José Afonso?

Demoro um pouco para erguer os olhos em direção a ela, fascinado pelo prato de azeite e pelos gestos meticulosos do garçom ainda na memória. — Não — respondo, sabendo que, em seguida, Belinha erguerá o queixo, voltará a cabeça um pouco para a sua direita e fará o ar de enfado alternado com petulância, prenúncio de uma discussão inútil.

— É sempre essa a sua reação quando faço alguma observação sobre você. — E dá aquele sorrisinho apertado de desprezo, como tem feito nos últimos vinte anos. Trinta.

Não digo nada, porque nada tenho a dizer a não ser mostrar meu olhar mortiço e vago sobre o prato de azeite, ainda inebriado pelos gestos coordenados do garçom. Ela insiste:

— No que pensava, então? — E levanta os ombros, gesto já esperado, típico de quando quer se mostrar indiferente.

— Na vida, Belinha — respondo, como poderia ter dito qualquer outra coisa.

— Na vida, é? Na sua em particular ou na vida de um modo geral? — Faz um gesto amplo com as mãos.

Registrei o sarcasmo.

— Em geral, meu bem, em geral.

— Então diga, senhor filósofo, a que conclusão chegou?

Olho demoradamente para ela em busca de tempo para inventar uma resposta. Belinha é ainda uma mulher bonita, talvez se a conhecesse hoje voltasse a me casar com ela. É mais charmosa que bonita, na verdade, e muito inteligente, não se deixaria enganar.

— No azeite, querida. — E aponto para o prato. — Quer dizer, no azeite como metáfora, é claro.

Gosto do que eu mesmo digo e me empolgo em dar andamento à ideia:

— Pensa comigo, a vida deveria ser como o azeite, densa para ter sentido, mas transparente, de modo a não esconder verdades. Talvez oleosa o suficiente para lubrificar as relações. Sabe? Untar possíveis atritos?

Que sacana! Minha presença de espírito me surpreende. Belinha está confusa entre me fazer um elogio ou me ofender, sem saber se é gozação ou afirmação sincera suportada por uma rápida, porém profunda, reflexão diante do prato de azeite. Isso só me incentiva a ir em frente.

— Olha bem para esse prato, Belinha, a vida seria melhor assim, com a alegria e a vibração do amarelo, as pitadas de alho e pimenta para apetecer ao paladar e — faço uma pausa —, além disso, é salgado, mas não muito — e ergo o dedo para ser mais enfático —, não muito, Belinha, salgado no ponto certo, só aquela pitadinha para dar sabor.

Nesse final, falo bem devagar, teatral. Belinha me encara séria e quieta, em seguida se recosta na cadeira, desvia os olhos, percorre o ambiente e faz aquele gesto que conheço bem de prender o cabelo atrás da orelha quando está à procura de uma resposta, de um entendimento, como se trouxesse uma ideia para perto e a controlasse. Tenho certeza de que estava considerando o que eu havia dito.

Tenho certo prazer em perturbá-la assim. Perde a postura de professora universitária muito irritante, da qual não se desprende nem em casa. Antes de viajarmos cortou o cabelo e clareou os fios, e o resultado ficou muito bom, seu rosto ganhou leveza. Parou de fumar há alguns anos, depois de eu implorar por muito tempo. Mas perdeu o gesto elegante de reter o cigarro entre os dedos, os olhos semicerrados atrás da fumaça, que lhe davam um ar misterioso.

— Antes assim — falo alto sem perceber.

— Antes assim o quê?

— Antes fosse assim, meu bem, o azeite, a pimenta e tudo mais. Na vida, quero dizer. Na comida também — e forço um sorriso.

Ela suspira como se dissesse: chega dessa bobeira, e sugere que façamos o pedido. Entramos naquele ritual sem surpresas de escolher o prato. Pão? Água? Com gás, sem gás? Peço a carta de vinhos.

Andei fazendo curso com enólogos. Procurava um hobby porque me diziam ser bom buscar uma atividade que me desse prazer e ocupação depois da aposentadoria. Mas as aulas me traziam mais ocupação do que prazer, então dei um tempo. Continuo a apreciar a bebida, me angustiava aquela pressão de ter horário fixo para as aulas. Passei a vida de olho no relógio, cumprindo compromissos, não via graça nenhuma em continuar do mesmo jeito numa coisa escolhida para o lazer. Bastava a academia que eu fazia com grande esforço desde uma ameaça de infarto anos atrás. O tempo, porém, está se esgotando, estou com cinquenta e oito anos e em dois estarei aposentado, política da firma. Injusto, além de irreal nos dias de hoje. Estou no auge do conhecimento e das práticas, sou o melhor no que faço dentre todos e, no entanto, esse saber fará companhia aos chinelos e ao pijama. Não quero ser dramático, mas não nego que vivo momentos duros em relação ao futuro, ando meio depressivo, sem vontades. Não lembro da última vez em que fizemos sexo ou...

Risoto de aspargos, pede Belinha, um prato sem erro. Diz ela que fora de casa não quer se dar ao luxo de passar mal. Eu, ao contrário, experimento de tudo e, vez ou outra, me arrependo, o que não me impede de voltar a fazer o mesmo, sou atraído pelos riscos. Belinha deixou de me advertir sobre isso há anos. Uma longa convivência só é possível quando se abre mão de um encher o outro. A sabedoria é conviver com as manias, que cada um exerça as suas com liberdade. Somos assim, Belinha e eu.

O rapaz traz os pratos, ela ergue o rosto para ele e agradece com graça e um sorriso. Sempre apreciei os modos da minha mulher à mesa. É calma, sabe saborear a comida, descansa os talheres de quando em quando para tomar um gole do vinho e faz tudo isso com uma simplicidade e distinção absolutamente naturais. Quanto a mim, destrincho o prato feito um esfomeado, e tenho de aguardar uns bons minutos até que ela termine. Fizemos um pacto de não olhar o celular durante as refeições, o que costuma me provocar comichão nos dedos de tão nervoso que fico, mas me contenho. Às vezes me aborreço de esperar, e passo a prestar atenção nas conversas ao lado, nos dramas que acontecem. São muitos e mais ou menos semelhantes. Ninguém é só herói ou apenas vítima.

O garçom começa a tirar a mesa para trazer a refeição e peço que deixe o prato de azeite que nos acompanha desde o início.

— É inspirador — digo.

Belinha ri, balança a cabeça — doido mesmo, diz. Fazemos um brinde e ela me dá os parabéns pela escolha do vinho. Mais um gole ou dois e ela se soltará. Me agrada quando bebe, fica mais divertida, os olhos brilhantes, o rosto rosado. Gosto também do seu jeito de contar histórias, traz sempre uma observação peculiar sobre coisas que dificilmente eu notaria. Somos assim, ela fala, eu escuto.

Volto a atenção ao prato de azeite, que empurro para o lado a fim de liberar espaço na mesa. Penso no que falei no início sobre a vida, a transparência, a oleosidade e me divirto comigo mesmo, que embromação! Faço um hã, hã, de vez em quando, dando a entender que acompanho o que Belinha diz, mas não estou ali, já terminei o meu prato e olho para ela sem a ver. Esse tipo de reação me deixa desconfortável, mas não consigo evitar, difícil manter a atenção além de poucos minutos. Minha mulher é paciente comigo e eu nem tanto com ela. Teria segredos? Analiso seu rosto. Teria um amante?

— Que foi, José Afonso? Engasgou?

De repente minha boca havia se inundado de saliva, como se eu fosse vomitar, e entre cuspir ou engolir me afoguei. Bebo um gole de água, tusso mais um pouco, minha mulher já está de pé a me dar tapas nas costas. Com as mãos, faço sinal que estou bem e, com certo esforço, as palavras saem entre grunhidos. Proponho:

— Vamos escolher a sobremesa?

— Sim, se você dividir comigo — ela diz com certa graça.

— Escolhe você. — E me sinto mais galanteador do que sou de costume.

Temos feito isso, dividir, embora tenhamos tido alguns momentos difíceis no casamento. Eu me ausentava bastante e andava tenso boa parte do tempo. Nossos dois meninos são hoje rapazes bem encaminhados graças muito mais à mãe do que a mim. Em duas ou três vezes me envolvi com outras mulheres, coisa passageira, e me esqueci delas rapidamente, parece que nem existiram.

Subitamente me dou conta de que poderia ter acontecido o mesmo com a Belinha, amantes fortuitos, ainda que esquecíveis. Não creio, afirmo a mim mesmo, não com Belinha.

É hora da sobremesa, o rapaz põe um prato enorme entre nós dois, como fazem hoje, com mais enfeite do que substância, um pequeno punhado de sorvete, discretos nacos de frutas, quatro amêndoas nas bordas feito números de um relógio. Em seguida, rega tudo isso com um líquido morno e vermelho que suponho ser uma calda de morango. Ele faz menção de retirar o prato de azeite, mas ergo a mão para detê-lo.

Belinha experimenta o sorvete e fecha os olhos, emitindo um som de prazer. Há tempos não a vejo assim, desfrutando de um deleite físico, sensação orgástica. Não temos nos procurado, bem sei que em grande parte por culpa da minha rebeldia contra o que estão me impondo. Tem sido um pesadelo pensar no que vou me fazer daqui a dois anos. Reconheço essa sensação. Sou menino que nos primeiros dias de aula sofre com a mortificação da expectativa, o enfrentamento do desconhecido. O pior é não ter respostas para o que vão querer de mim, como eu deveria me comportar.

Mas aí está ela, desfrutando do prazer do sorvete, passa a língua nos lábios, contrai a boca e os olhos, está saciada. Será que tem buscado satisfação fora de casa? Não, ela não, impossível. Estou me referindo a sexo, não a uma sobremesa, falo de intimidade, Belinha nua, entre suspiros e murmúrios, se contorcendo embaixo... em cima.

— Um licor? — interrompo a mim mesmo com a pergunta, estou incomodado.

Ela nega, quer terminar o vinho, muito bom, diz, ergue o copo em direção a mim, sorrio, foi minha escolha e satisfiz seu gosto. Isso me acalma. Acalma? Preciso me acalmar? Ela toma um gole de água e em seguida um de vinho e, mais uma vez, demonstra prazer. Está no limite tênue entre a mente lúcida e a languidez provocada pelo álcool, sempre o seu melhor momento.

A dúvida começa a se estender sobre mim, sinto uma pressão no peito. Ela vive rodeada de alunos, criaturas à procura de respostas, instigados por perspectivas que não conhecem, participa de grupos de estudos em áreas variadas, há sempre um compromisso a ser atendido e — sim! — tem aquele personal trainer com quem não simpatizo. Faço uma rápida análise do que me lembro, cenas que vi, e chego à conclusão de que ele é muito atrevido, cheio de apertos na batata da perna, nos bíceps, posiciona o pescoço dela com intimidade — desnecessária, me parece. O que conversam quando saem para as caminhadas? Falam de mim? Você se queixa, Belinha? Aposto que sim, deve estar carente e ele a consola, quem sabe até já trocaram afagos, você chora, ele a abraça. Deus, foi assim, Belinha, é assim? Quantas mulheres, seu personal do caralho, você já assediou? Que canalha... e você, Belinha, tão inteligente, tão preparada, se deixou levar que nem uma menininha? Tão esperta e acreditou nesse abusado? Carente, é? É isso? Carente? Esses safados adoram pegar mulher carente. Sua tonta! Cacete, Belinha, como pôde? Você e aquele sujeito asqueroso, ele se aproveitou da sua fragilidade, sua tonta, cega, vou matar esse filho da puta...

Tomado de tamanha fúria e certeza da traição de Belinha, avanço sobre a mesa com uma selvageria que desconheço, rasgo de uma só vez o tecido leve de sua blusa branca, exponho o colo, mergulho os dedos no prato de azeite, desço as mãos pelo seu pescoço até as bordas do sutiã e, indeciso entre baixar as alças de uma vez ou deslizar os dedos untados até alcançar seus mamilos escuros, apertá-los e maltratá-los, grito: Então é assim? É assim que você gosta? E do que mais, Belinha, do que mais você gosta?

— Café?

Ele está de pé e aguarda, muito digno na sua vontade de servir. Há uma ruptura, fico perdido no meu pensamento e já não sei mais para onde esse pensamento deveria ter ido antes que eu o perdesse.

Do outro lado da mesa, Belinha, com o vinho a desanuviar vergonhas, desenvolta, gesticula as palavras, está perfeitamente composta, os botões de madrepérola da blusa postos em suas casas, sua pele seca do óleo com que eu a havia besuntado no meu louco delírio de posse. Belinha, íntegra, continua a falar como se eu a pudesse ouvir.

Luz de néon

Uma da manhã e finalmente você entra, há uma semana que a garçonete não o via. De trás do balcão, ela se apressa a pegar a jarra de café e se dirige à mesa onde você está, a mesa de sempre. Nervosa, derrama um pouco de café na toalha quadriculada vermelha e branca. Você nem a olha, parece hipnotizado pela fumaça que sobe da xícara.

 Mais alguma coisa? — ela pergunta, e não há resposta. Não se surpreende, você é assim, tem o seu tempo, suas razões, que para ela são difíceis de alcançar. Não quer desvendá-lo, prefere o mistério e as pequenas revelações que lhe chegam aos poucos. Se afasta, espera.

 Você faz um sinal, quer um conhaque. Ela vai buscar a bebida, você a acompanha com os olhos, ela acha que você a reconhece, mas não tem certeza.

 No bar, o dono da lanchonete serve o conhaque, a garçonete pega o copo sobre o balcão e traz até você. Espera, mas você não se dirige a ela, que se afasta um pouco, não muito, para o caso de você chamá-la de novo. Ela vira de lado com o rosto voltado para uma janela no primeiro andar do prédio do outro lado da rua. Dali ela enxerga o apartamento onde mora, a cortina está aberta, o néon do letreiro da lanchonete invade o quarto e põe cor no seu colchão — azul, vermelho, azul, vermelho. Você se lembra?

O patrão, que está atrás da bancada do bar, chama por ela e a tira do devaneio. Faz um sinal com a cabeça em direção a um freguês que dorme apoiado sobre a mesa. Dorme ou está desmaiado, não dá para saber. Não fui contratada para afastar bêbados, ela tem vontade de dizer, mas se cala como vem fazendo. Engole desaforos para continuar no emprego. Seu único alvo é juntar dinheiro e voltar para sua terra, escapulir dessa cidade de onde só guarda desilusões e o cheiro de lixo.

Atende à ordem, vai até a mesa onde o sujeito está caído e o sacode pelos ombros uma, duas vezes, ele resmunga e nem se mexe. Com raiva e asco, ela tenta erguê-lo, enfiando seus braços por debaixo dos dele, um boneco pesado e mole, quase a derruba. De repente, o freguês se apruma e se livra daquele estranho abraço, segue cambaleante a esbarrar nas mesas e cadeiras, ela vai atrás e o ajuda a sair pela porta. Que o ar frio o guie, diz.

Da calçada, ela vê você atravessando a rua. A frustração se junta à raiva, chega a bater o sapato no piso como criança, tem vontade de gritar, tanto é o ódio. Malditos sejam você e o patrão — enquanto ela resolvia a encrenca com o homem você acertou a conta direto com ele.

Está farta dos bêbados, desse emprego da bosta, das gracinhas do patrão, dos fregueses abusados e de você, que brilhou em azul e vermelho na sua cama e atravessou a rua sem esperar por ela.

Volta para dentro da lanchonete, já passou da hora de fechar, o dono conta o caixa com olhos de gavião, quase saliva de prazer ao alisar os cheques, as notas, juntar os talões dos cartões de crédito. Cretino, ela pensa.

    Já vai, belezura? — diz. Ela ignora. Uma e meia da manhã, queria mais, o imbecil? Termina de limpar a cozinha, tem pressa em cair fora do lugar e nem troca o uniforme, pega a bolsa e vai saindo. O patrão está na porta à sua espera para trancar a lanchonete. É obrigada a passar pelo vão estreito entre o corpo dele e o batente. Recebe um apertão na bunda, ele tem um sorrisinho sacana. Aquilo a enche de fúria, agarra o pescoço dele com as duas mãos, aperta. Vou deixar uma faca no bolso do avental pra enfiar na sua barriga nojenta se fizer isso de novo, avisa, com os dentes trincados. E lhe dá um empurrão.

    Sai dali rindo da cara de assustado que ele faz. Não sabe como será amanhã, se vai ser despedida ou não, mas suspeita que estará mansinho. O cão asqueroso não morde.

    Atravessa a rua amarelada pela luz do poste da esquina. Volta a reparar como o néon da lanchonete brilha na parede do prédio bem na altura da sua janela no primeiro andar. Alguém está recostado na entrada, o rosto na penumbra. Só percebe que é você ao chegar perto. Você lhe oferece o cigarro que havia acabado de tragar, ela aceita, traga também e o devolve, não deixam de olhar um para o outro, desafiantes. Ela sobe na frente e abre a porta do apartamento. Entram, o quarto e a cama mudam de cor: vermelho, azul, vermelho, azul.

Revelação

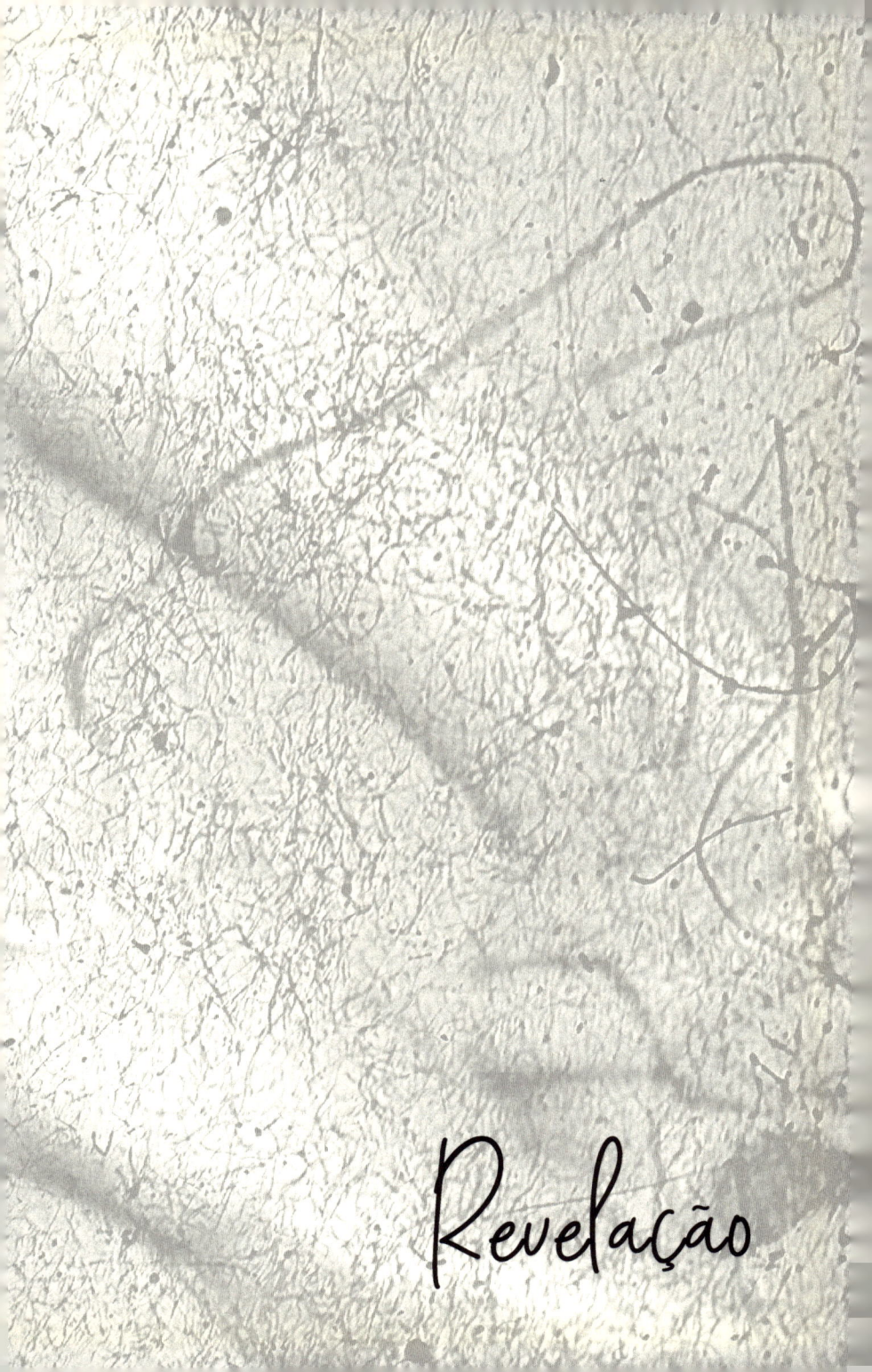

Do outro lado da rua

A janela da frente vivia emperrada e com o passar do tempo as pessoas da casa desistiram de tentar abri-la. Exceto pelos domingos, quando o pai, parecendo inconformado com aquilo, esmurrava as venezianas e trazia claridade e ar fresco ao ambiente. O cômodo, um apêndice inútil durante a semana, enchia-se então de um vozerio de gente e de música, com a filha mais velha ao piano.

No mais do tempo, a família se encontrava na cozinha, em torno dos afazeres de cada um, que se mesclavam aos arrulhos de panelas e talheres e aos cheiros dos cozimentos. A vida transcorria em altos e baixos, ora mesa farta, risos, conversas; ora vozes acaloradas, quase gritos, gestos bruscos. Uma família como outras tantas, que se transfigurava aos domingos.

A menina de cinco anos aprendeu a associar os domingos a claridade e falatórios. Mas intuía, na sala escura, um mistério que o pai desvendava com seu gesto de escancarar a janela. Da porta do cômodo, ela acompanhava o ritual: primeiro, o esforço para erguer as guilhotinas de vidro, depois a porrada certeira, o inclinar-se em direção ao vazio, braços abertos para afastar as venezianas e, por fim, o se deixar por longos momentos a olhar para fora, com os cotovelos apoiados no parapeito. O que vê meu pai? — pensava a menina, cuja altura mal alcançava o vão da janela.

A mais nova de muitos irmãos, costumava ser invisível, um objeto qualquer do ambiente, em que alguém às vezes resvalava distraído. Se quisesse, podia ficar escondida num canto da casa e não se lembrariam dela, ainda que fosse a hora das refeições, do banho, da escola. Falava pouco, respondia o que lhe perguntavam, mas era raro que ela mesma tomasse iniciativas, preferia observar.

Seu local preferido era embaixo do piano, onde se refugiava quando a irmã mais velha se sentava para tocar. Dali enxergava o mundo e adivinhava o que acontecia pelo movimento de pernas e pés que seu olhar alcançava.

Num certo domingo, não houve murros que abrissem a janela emperrada. Ao acordar, foi até a sala ainda escura e se sentiu confusa, não era o dia? Dali, caminhou pela casa em direção ao corredor; ouviu sussurros que vinham do quarto dos pais. Foi contida à porta, alguém a segurou pelos ombros empurrando-a — espere lá fora.

Por um tempo, os domingos não despertaram mais a sala vazia e ela entendeu que seu pai adoecera. Percebeu também que a casa toda estacava atenta e solene, quando a irmã tocava piano, para que a música adormecesse as dores.

Até que afinal um silêncio se impôs, prenúncio de algo muito importante e sério demais para a compreensão dos seus cinco anos. Quando os soluços e o fungar de narizes dissolveram o segredo que não seria a ela revelado em palavras, recolheu-se embaixo do piano na esperança de que a irmã tocasse e a tranquilidade voltasse à casa.

Mas não foi assim. Deixada ali, viu entrar o padre, adivinhou pelos sapatos rotos sob a batina; mais rotos ainda, os do irmão coroinha, quase encobertos pela veste vermelha. Sentiu o cheiro de cera derretida das velas, ouviu sussurros, o ronronar do terço nas mãos da mãe e a ladainha das orações habituais que percorria a casa nos finais de tarde.

Adormeceu sob o piano mudo. Só muito mais tarde, dia claro, alguém a pegou no colo. O silêncio havia enfim retornado e se inscreveu nela como fome, abandono e pena. Ninguém falou sobre o acontecido e nem ela perguntou.

A ausência do pai mudou a rotina da casa. Alguém finalmente havia conseguido destravar a janela que até então teimava em não se deixar abrir e os domingos não mais se destacavam dos outros dias. Por descaso, esquecimento ou razão nenhuma, a janela nunca mais foi fechada, tornando a sala um cômodo da casa comum e sem mistérios.

Certa manhã, parecida com qualquer outra, com altura já suficiente para isso, a menina se apoiou no parapeito imitando o gesto do pai. Avistou na varanda da casa do outro lado da rua um casal que tomava o café da manhã: a mulher, com um robe branco de rendas, os cabelos presos de um jeito frouxo e a cabeça baixa, colhia migalhas de pão no colo, como um passarinho. O homem lia o jornal e fumava; virava a página do jornal, levava o cigarro à boca, expelia

a fumaça. Repetiu o gesto duas, três vezes, levantou-
-se, esmagou o cigarro num prato e saiu.

    A mulher de branco ergueu a cabeça, voltou o rosto para o lado contrário de onde o homem saíra e fixou seu olhar na janela onde estava a menina — que, exposta, se pôs de costas para a cena, escorregou pela parede até alcançar o chão e compreendeu o mistério da sala que se iluminava aos domingos.

Pompa e circunstância

Jaílson acorda mais cedo porque é sábado, dia de feira, e Natanael arma a barraca de frutas bem em frente à sua porta. Na noite das sextas, Jaílson estaciona o furgão na esquina de cima para livrar a saída da garagem onde, ainda de madrugada, Natanael armará a barraca. Em troca, tem fruta em casa para toda a semana.

Pelas cinco horas, é despertado pelo som do empilhar e desempilhar dos caixotes e se demora na cama, até que o cheiro das frutas invade o quarto e ele levanta.

Sábado costuma ser um bom dia com a venda de cachorros-quentes na saída de algum cinema ou, pela hora do almoço, no aglomerado de alunos num cursinho de vestibular perto de casa.

Mas hoje, sábado, Jaílson não vai trabalhar vendendo cachorro-quente. Acordou por hábito e com a confusão da feira. Nem acredito, pensa, se espreguiçando cheio de sorrisos para si mesmo. Minha Jaqui, minha Jaqueline, minha, minha.

Há dois dias, Jaqui saiu com a mãe depois do trabalho para escolher os sapatos que usará à noite. Sandálias, pediu Jaílson, você prometeu.

Amava Jaqueline, sua deusa, mas adorava seus pés. Nunca havia confessado aquela espécie de fetiche. Quase enlouqueceu quando no começo do namoro Jaqueline veio descendo a rua com um vestido florido e as unhas dos pés pintadas de vermelho, um detalhe que teve um efeito devastador em Jaílson. Com esforço conteve o impulso de cair de joelhos e beijar um a um os dedos arredondados dos pés de Jaqueline. Aquele instante determinou um destino de submissão amorosa irreversível. É na sofreguidão da cama, quando o desejo legitima os gestos, que Jaílson dá vazão ao que sente: em meio às carícias, esfrega os pés de Jaqueline pelo seu corpo suado, lambe a sola, o calcanhar, suga os dedos. Ela recolhe a perna, sente cócegas, ele a toma novamente e recomeça.

Lá pelas seis horas, Jaílson sente o cheiro do molho de tomate para cachorro-quente que a sua mãe prepara logo cedo. Vai até a cozinha:

— Esqueceu, mãe? Hoje não tem trabalho, mãe. — E a abraça pelas costas, eufórico.

Ela ri:

— Pois não é que é, meu filho? Bem que eu sabia que tinha alguma coisa diferente hoje, custei pra lembrar.

— Volta pra cama, mãe. Quero você bem bonitona lá no altar.

Jaílson ficou na cozinha um tempo. Tinha marcado às oito com seu Osório para cortar o cabelo, ia demorar ainda, o que fazer até lá?

Não é dia de pensar em problema. Quis espantar da cabeça as preocupações com o empréstimo que havia feito na compra do furgão e dos equipamentos para o negócio de cachorro-quente. Teve ainda a obra na edícula do quintal dos pais para morar com Jaqueline e as despesas da festa. Não sobrou dinheiro para viajar. Meio a contragosto, um tio emprestou o sítio até segunda-feira.

    Olha a panela em cima do fogão com o molho pronto e pensa que não faria mal nenhum levantar um dinheiro com a rapaziada do cursinho entre onze e meio-dia, meio-dia e meia. Depois, ainda teria muito tempo para descansar antes de tomar banho e se vestir.

    Ele se anima com a ideia. A festa não era desculpa para vagabundear, principalmente para quem está cheio de dívidas. Toma um café, arruma o quarto, confere o terno e a camisa que a mãe havia separado no dia anterior. Às sete e meia, desce à calçada, conversa com Nataniel, pega uma pera e sobe a rua. Vai atravessar em direção ao barbeiro quando sente falta de alguma coisa. Olha à sua esquerda: o local onde costuma estacionar o furgão está vazio. Fica confuso, será que parou em outro lugar? Fica ali um tempo, revê os passos de sexta à noite: falou com Jaqueline ao telefone sobre a sandália, chegou em casa, o prato de comida sobre a mesa da cozinha. Quer continuar em dúvida, mas algo lhe diz que não adianta se enganar: seu furgão foi roubado!

    Leva as mãos à cabeça, aperta os dentes, solta um grunhido alto, logo um berro de fúria, caralho!, chuta e soca o ar, caralho! caralho! Não sabe o que faz: volta para casa? vai até a delegacia? telefona para alguém? quem?

Seus dados, pede o escrivão na delegacia, os documentos do veículo, a que horas o senhor largou o veículo no local? quando se deu conta de que o veículo não estava mais lá? já informou a seguradora? não tem seguro, senhor? como assim, o senhor deixa o veículo na rua, um veículo sem seguro? tava querendo confusão, meu chapa.

Não sobrou dinheiro, seu escrivão de merda, muita despesa, entendeu?, se não entendeu é porque não conhece a Jaqueline, seu desgraçado, nunca viu os seus pés de unhas vermelhas, porque se tivesse visto, filho da puta, saberia do meu desespero, faria tudo, qualquer coisa por aqueles pés, faria dívidas, loucuras, dá pra entender, caralho?

São onze horas e o dia que havia começado excitante prenuncia pesadelos. Jaílson volta para casa decidido a calar sobre o que aconteceu, segura na perna, filho da mãe, a culpa é toda sua.

Não cortou o cabelo, filho? Hã? Ah, esqueci, mãe. Vai almoçar? Não tenho fome. Está sem apetite, é o nervoso. Ele não responde.

Jaílson se tranca no quarto e chora.

Às quatro e meia, sua mãe bate na porta e entra com um prato.

— É de salaminho, filho, você precisa comer alguma coisa. — Ela nota seus olhos inchados e acha que ele deve ter dormido todo aquele tempo. Está nervoso, pensa. — É bom começar a se arrumar, filho, temos que sair em uma hora. — Não escuta ou não responde e nem olha para ela.

São seis horas. O noivo e seus pais estão no altar. Os padrinhos entram na igreja conforme haviam ensaiado, duas sobrinhas de quatro e seis anos vêm em seguida, cambaleantes e confusas com a música e os olhares. Jaqueline aponta no começo da nave de braço com o pai, a sandália branca e as unhas pintadas de vermelho surgem discretas a cada passo.

Jaílson olha em sua direção com uma sensação de vergonha e medo, estremece, a boca enche de água. Desmaia.

A confusão se instala na igreja, mandam buscar água, uma cadeira, a música para, Jaqueline adianta os passos assustada, agarra a cauda do vestido e corre na direção do noivo, abana seu rosto com as mãos, os convidados se levantam, querem ver o que acontece no altar, as duas meninas brincam com o buquê da noiva caído no piso, alguém pede que todos se afastem, o noivo precisa de ar.

— Já vi disso, mas nunca com o noivo — diz o padre.

— Tragam sal, é pressão baixa — diz uma das madrinhas.

— É emoção — diz outra.

— É fome, não comeu nada o dia inteiro — diz a mãe.

O tecladista volta a tocar na tentativa de acalmar o público, as pessoas se sentam, alguém borrifa água no rosto de Jaílson, o buquê reaparece nas mãos de Jaqueline, o tumulto diminui, Jaílson acorda. Ainda atordoado, enxerga do chão as unhas pintadas de vermelho dos pés da noiva.

Enigmas

Chuta a pedra e faz o gol, comemora com a torcida, soca o ar, beija a camiseta. Chupa! Ninguém na rua, só entulhos no caminho, sacos de lixo, um sofá velho, restos de obra e sua avó ali adiante. Você de longe a vigia. Que droga, lascou a ponta do sapato novo, um desses de couro, meio sapato, meio tênis. É pra durar, tinha dito a mãe. Cadê a vó? Você dá uma corrida, vira na esquina do bar. Passou por aqui, avisa seu Delfino detrás do balcão, você acena, agradece. Espera, diz o homem, e põe o punhado de balas Juquinha na sua mão. Valeu, seu Delfino! Você se apressa, lá vai ela andando rápido, como se tivesse hora pra chegar, as pessoas cumprimentam, boa tarde, dona Eulália, que olha como se não visse nem ouvisse. Você descasca a bala, põe na boca, joga o papel no chão, parece que escuta sua mãe, que coisa feia, não te ensinei? Você volta, pega o papel e põe no bolso. Ismael vê você de longe, está de pijamas como sempre e ri quando você passa. Ismael dá medo, nunca fez nada, mas dá medo, você faz um gesto de olá e se afasta um pouco. Por precaução, costuma ir para o outro lado da rua sempre que passa em frente à casa do Ismael, dizem que não bate bem da bola, você sabe que isso quer dizer que ele só cresceu no corpo e não na cabeça, nada a ver com futebol. Dona Nenê, mãe do Ismael, aparece na porta e cumprimenta você, oi, Dona Nenê, e ela diz: sua avó já vai distante, corre lá, menino. Magrinha, dona Nenê, como que aguenta aquele homenzarrão do filho que mais parece criança? Em frente ao portão da dona Amélia um cachorro remexe no lixo, dona Amélia foi sua professora no segundo ano. Amelinha, a filha, está na sua sala, a menina mais bonita da sala, todos os meninos querem namorar a Amelinha e ela nem quer saber. Você fica vendo o cachorro derrubar a lata e espalhar o lixo, vai ver tem algum segredo da Amelinha aí no lixo, mas tem é muita casca de banana, Amelinha gosta de vitamina, banana batida no leite, será? Por pouco você não dá outro chute, agora na lata, chuta por chutar, sem motivo, ainda bem que se lembra do sapato novo, quando chegar em casa vai passar uma graxa, cera, sei lá.

Cadê a avó? Cadê ela?

— Tem duas coisas, veja bem, só duas que são a sua obrigação nesta família — sua mãe estava muito brava, falava alto — estudar e cuidar da sua avó quando ela sai pra rua, e você não faz direito nenhuma das duas! Só duas, meu Deus do céu! Como você quer que eu fique?

A mãe lhe dá um cascudo, dois. Você se agacha aguardando mais, e trata de esconder o bico lascado do sapato. Ela está nervosa e você também, mas não quer admitir.

Alguém vai trazer sua avó de volta, todo mundo na cidade conhece dona Eulália. Foi naquela hora da lata de lixo, Amelinha e as cascas de banana, você se distraiu com aquele monte de ideias que vêm a sua cabeça.

Você vai para o quarto se esconder, quem sabe se esquecem de você. Cruza com a irmã no corredor, idiota — ela xinga e lhe dá um cascudo também. Você mete um soco nas costas dela e começam uma briga, você em desvantagem pela vergonha de ter perdido a avó de vista.

Mamãe disse que minha avó está perdendo o juízo. O que é juízo?, perguntei, e ela apontou a cabeça com o dedo. Então entendi. Minha avó tinha o cabelo marrom, mas daí notei que o cabelo começou a crescer branco e ela foi ficando com duas cores na cabeça. Perder o juízo é assim, quanto mais branco o cabelo, menos juízo. Seu Delfino do bar, por exemplo, não tem mais juízo nenhum, sua cabeça é toda branca e um pouco careca, deve ter perdido não só o juízo como mais alguma coisa. Foi daí que vovó precisou ser vigiada. Se está dentro de casa, alguém tem que ficar de olho, porque ela apronta o que não deve, tipo esquece a panela no fogo e quase causa um incêndio; se vai pra rua, eu que tenho que ir atrás dela. Eu gosto. Mamãe diz que é bom pra vovó sair um pouco, arejar, ela diz. É bom pra mim também, invento um montão de brincadeiras e fico matutando coisa, acho que vou ser um filósofo, como disse mamãe quando contei pra ela minhas ideias. Hoje pensei nos nomes. Seu Delfino, por exemplo, é um pouco gordo para ter esse nome; e dona Nenê, como pode ser Nenê se tem aquele filho grandão, o Ismael? Depois pensei que deve ser esquisito ter duas pessoas com o mesmo nome numa casa só, como dona Amélia e a Amelinha. Se a gente quiser chamar a pessoa certa, a mãe ou a filha, tem que ser mesmo Amélia ou Amelinha ou um apelido. Eu detesto apelidos, odeio. Meu nome é Francisco, me chamam em casa de Chico, na escola é Chicocô, tenho vontade de matar.

O melhor mesmo que aconteceu hoje antes de eu perder a vovó foi que decifrei um enigma. O sol parecia que ia sumindo bem no final da rua, batia de frente atrapalhando as vistas e eu me escondi na sombra da vovó. Então entendi: a sombra é a alma da gente, cada um tem a sua, aprendi no catecismo. A alma cresce com a gente, a da vovó é larga porque ela já viveu muito, a minha é pequena porque só tenho nove anos. De noite, se a luz da casa, da rua, não está acesa, a alma volta pro corpo e aí a gente vai dormir, que é quase como morrer, e depois que a gente morre de verdade, pensei, a sombra vira fantasma, é alma de outro mundo, não mais do nosso. Daí fiquei brincando com a minha sombra, até plantei bananeira pra que a alma ficasse de cabeça pra baixo.

Foi então que vovó sumiu. Talvez tenha morrido.

Você acorda com um alvoroço na casa. Acorda confuso e com uma sensação estranha, sabe que alguma coisa de ruim aconteceu, só que você não lembra o que é. Está apertado, precisa ir ao banheiro, mas a curiosidade é maior e você vai até a cozinha de onde vêm as vozes alteradas. Vê sua avó descabelada, os olhos arregalados, sua mãe está abraçada a ela, seu pai abraça as duas, e há um homem desconhecido. Você quase molha as calças de susto e corre para o banheiro. Sente um alívio imenso, esvaziado da culpa. Volta à cozinha e se encolhe na porta, vovó agora está sentada junto à mesa, tem um xale nas costas, o homem conta que a encontrou no cemitério deitada sobre um túmulo, sua mãe diz: o do vovô. Passou a noite ali com certeza, explica o homem, estava gelada quando a encontrei. Por que fez isso, mamãe? Ficamos malucos a noite inteira procurando por você. Enquanto fala essas coisas ajoelhada em frente à avó, sua mãe chora e beija suas mãos. Você enxuga o ranho que sai do nariz, ranho e lágrimas.

Beautiful boy

Que sons mudos constroem seus sonhos, beautiful boy? Que baladas surdas cantam seus pensamentos? Sim, longas distâncias de silêncios têm nos tornado estranhos. Não temos nos percebido, cerrei algumas portas, é verdade, com receios talvez improváveis, e por causa disso não me fiz ouvir, embora escute as palavras que são ditas por você com seus gestos, adivinho o que elas me contam, não pelo traçado rápido das suas mãos erguidas à altura dos olhos, mas pela qualidade do seu olhar. Nem sempre ele me toca como um afago, curiosidade ou interjeição, às vezes soa como imposições desdenhosas, censuras desmedidas ou injustas. Não lamento tudo isso não, é bom, precisamos discordar um do outro, você compreende, beautiful boy? Compreende que nesses confrontos desconstruímos defesas? Sabe, aquelas defesas que, além de nos afastar do que não nos pareça conveniente ou bem-vindo em certos momentos, encobrem o que se é? Fiquei desconcertado no início, quando você chegou com o seu silêncio. Agora sei que o não enfrentamento cria disfarces. Quanto mais acrescidos em número e em tempo de uso, mais esses disfarces se tornarão distorcidos e estaremos cada vez mais desalojados na nossa intimidade, você e eu. É uma sorte, saiba disso, uma sorte que tenhamos um ao outro. Vamos nos confrontar, eis o convite. Precisamos corromper a permanência dos consentimentos. Quero me reconhecer pela manhã quando me olhar no espelho: eu sou este. Desejo o mesmo a você, e sei que isso se dá pela compreensão e pela aceitação do que se é. Meu beautiful boy, que nasceu com essa condição inalcançável. Um filho surdo — foi um choque, uma insolência do acaso que sempre me descobriu um apaixonado por Coltrane e Cole. Tudo o que eu sabia se dava por esse caminho, o que eu apreendia como verdade, aquilo que eu amava, o mundo que construí, refrãos que nunca serão repetidos para você, que ironia! Confuso, me recolhi aos meus próprios ruídos. Mea culpa, beautiful boy, minha tão grande culpa pelo que nos fez perder tanto tempo nessa aventura do reconhecimento. Foi por medo, agora sei, a perplexidade por não saber de que modo tocar a vida por outros caminhos que não pela música, a maravilha de um acorde perfeito, o som estridente da guitarra, um baixo pecaminoso que põe as sensações em esferas irreais. Enfim nos ouvimos e enxergamos quem somos. Afaste o monstro que está embaixo da minha cama, me console das ausências e dos pesadelos, cuide para que eu não adoeça, pegue na minha mão e me leve ao seu mundo silencioso, para que eu distinga o seu timbre, os soluços e as lágrimas de choros mudos, os gemidos das dores não ditas. O caminho é longo e há muito nele que eu ainda temo porque não conheço seus intervalos e trilhas.

    Me ensine a calma da espera, meu beautiful boy.

Animal de estimação

Que desde já fique bem claro que nós somos os donos, embora eles pensem o contrário quando vão atrás de um brinquedinho, um consolo para a sua solidão ou de quem os proteja do mal e os guarde dos perigos, em vez de procurar entre os de sua própria espécie, porque implicaria naturalmente a possibilidade de uma rejeição, de um desafeto ou ilusão e isso os amedronta e desencoraja e então nos buscam e olham para nós e fazem suas escolhas acreditando piamente que a vontade é deles, que eles é que determinam essa escolha, um engano, um enorme equívoco que remonta à criação do mundo e que confundiu desde sempre a ordem dos fatores, sendo em si mesmo uma distorção nessa hierarquia, até porque na nossa superioridade nos convém que assim seja, já que para nosso descanso e descompromisso é muito mais fácil fingir do que ser, pois sendo, seríamos obrigados a responder pelas consequências de ser e, francamente, não estamos aqui para isso, mas para usufruir do conforto que advém dessa condição invertida de protegido e protetor tão clara para nós, e para que assim se mantenha, alimentamos a crença de que somos sujeitos à sua vontade, aos seus mandos e necessidades, sem que eles percebam nossa intenção de apenas nos divertir com a ironia da situação e manter a boa-vida que nos proporcionam ao acreditar que somos incapazes de sobreviver por nós mesmos ou sem seus afagos e cuidados, uma soberba que só os que se pensam racionais podem ter, cegos que são para entender como são claramente inábeis para lidar com seus fracassos e com a impossibilidade de amar e principalmente de receber amor, inaptos para o ofício de ser feliz, e essa é a verdadeira razão para que desloquem para nós seus afetos e as horas dos seus dias, caso contrário, estarão inexoravelmente solitários ainda que dividam a vida com alguém com quem na verdade não se importam ou nem sabem como fazer para se importar e são vítimas de igual inabilidade por parte do outro, que mal sabe lidar consigo mesmo e tudo isso enxergamos, gozando do que nos cabe nesse infortúnio das suas vidas, sem que eles se deem conta disso, e quanto mais balançarmos nossos rabinhos ou salivarmos diante da cumbuca de ração, mais enrodilhados no seu egoísmo estarão, e com mais certeza de que o mundo lá fora não lhes diz respeito algum, exceto é claro para que defequemos e mijemos nele nos passeios matinais, crendo deter um poder sem fim sobre nós, iludidos pelo domínio da maldita coleira com que pretendem (e acreditam que conseguem) comandar nossas vidas, eles que não comandam a si mesmos e a quem só resta nos tratar como se fôssemos filhotes da sua espécie, convencidos de que só isso nos basta: um lugar para dormir, alimento, água, vacinas, sem que nem por um instante você tenha verdadeiramente me visto, calma e amorosamente, a ponto de descobrir como o meu olhar é incrivelmente triste.

Desaparecido

Meu sumiço entrou para a história como se fosse uma fuga para viver um amor bandido. Não era de todo mentira. Sem vontade de esclarecer os fatos, deixei que pensassem assim, vi que fazia bem aos conhecidos acreditarem nisso. Difícil resistir às emoções de um bom folhetim.

Léa fez a parte dela ao perceber que a explicação justificaria o injustificável. Para Léa foi um alívio, diante da única atitude corajosa que tomei na vida. Segundo ela, as anteriores foram decisões covardes.

Fui uma criança diferente, embora enxergasse a mim mesmo igual a todo mundo. Adulto, compreendi que não poderia ter sido de outra forma. Eu era de fato estranho, como achavam os outros, falava sozinho e fazia gestos no ar.

Eu via e conversava com os mortos. Esse é o fato. Embora eu desconhecesse a sua condição de mortos porque eram bem reais para mim. Isso eu só descobri certo dia ao acenar para o filho da vizinha. Logo me lembrei que o garoto sentado no portão da casa em frente à minha, havia se afogado dias antes. Compreendi de imediato ser portador de um acesso livre ao mundo do além. Tudo me pareceu muito natural, não me assustei, ao contrário, havia encontrado uma explicação para toda aquela estranheza dos outros em relação a mim.

Talvez eu tivesse uns dez anos quando isso aconteceu. Com o tempo aprendi a lidar e até a tirar proveito do que passei a aceitar como um dom, e não um traço de loucura. Conversava com todos sem receios, fossem vivos ou mortos. O comum era o falecido ser alguém com quem convivi. Quando acontecia de ser um desconhecido, tratava-se de um tio de um amigo, a mãe de outro, uma pessoa com quem o defunto precisava ter contato e me usava de intermediário.

Desde o início do namoro falei a Léa sobre o meu caso, e ela mostrou interesse e curiosidade, o que consolidou nosso relacionamento. Casamos. Léa é professora de ioga, gerente de uma academia, e eu dou aulas de Física, bem de acordo com esse meu ar aparvalhado de quem vive entre lá e cá. Bizarro, como dizem.

Não me entendam mal, eu amava Léa, mas casar com ela foi, não apenas fácil, como conveniente. Demorei a descobrir que para conviver bem com um dote tão específico, seria necessário optar por soluções fáceis, quase oportunas, ou minha vida seria um inferno. Diferente das outras mulheres, Léa se excitava com essa minha aptidão, via nela oportunidades de entrar em contato com vidas passadas, essas coisas. Até mamãe havia sugerido certa vez que eu abrisse uma espécie de consultório e passasse a cobrar por esses contatos entre o céu e a terra, ou o inferno e a terra, conforme o caso. Achei a sugestão uma ofensa. Para mim, tratava-se de um atributo como outro qualquer, como ter habilidade para desenhar ou falar idiomas. Na verdade, me tornei vaidoso e um pouco ciumento de desperdiçar esse meu dote especial com fins pouco nobres.

O falecido seu Antero, o jornaleiro, por exemplo, queria que eu contasse para a vizinhança que sua vizinha, a dona Irene, passou a vida surrupiando revistas da sua banca. Todo mundo conhecia os sinais de demência da dona Irene e ela certamente não fazia aquilo por mal. Tive o cuidado de argumentar e apaziguar a zanga de seu Antero. Uma vingança àquela altura não fazia sentido. Por outro lado, não se deve irritar os mortos. Almas do outro mundo ficam inconformadas se não são atendidas e não largam do seu pé enquanto não conseguem o que querem. Aprendi muito sobre as idiossincrasias do além-túmulo, embora isso tenha me ajudado pouco no convívio com os vivos. O contrário foi mais verdadeiro.

Se Léa e eu estávamos bem, tudo mudou quando meu pai morreu. Engenheiro e funcionário de uma empresa de construção, ele viajava com frequência e muitas vezes passava longos períodos longe de casa para acompanhar as obras. Às vésperas de se aposentar, passou mal numa delas, uma usina de cana de açúcar em Pernambuco, foi transferido para São Paulo e diagnosticado com insuficiência cardíaca.

Morri do coração, me disse ele na primeira vez que veio, como se fosse uma novidade para mim. Seu aspecto era bom, diferente do homem pálido de olheiras profundas de quando estava vivo ainda no hospital. Tinha a voz firme, a barba feita e vestia uma camisa branca com os vincos nas dobras, que parecia ter acabado de tirar da cômoda. Os mortos se comportam como se vivos estivessem, de modo que não estranhei quando meu pai ergueu o punho da camisa para ver a horas de um relógio inexistente como se o tempo ainda fizesse alguma diferença para ele. Avisou que precisava ir, mas que retornaria para me fazer um pedido. Também isso me pareceu natural, acontecia de os desencarnados me tratarem como mensageiro, pediam ajuda para o que deixaram por fazer em vida, dívidas por pagar ou dinheiro por receber a ser entregue à família. Mortificados por arrependimentos, muitos retornavam com a intenção de aliviar suas culpas, outros, para me contar segredos.

Foi o caso de meu pai.

Morri do coração, repetiu da segunda vez.

— Eu sei, pai, de infarto.

— Não filho, de coração partido.

Eis aí uma notícia que me pegou de surpresa.

— O que partiu seu coração, pai?

— Abandonar Joana acabou comigo.

— Joana?

— Sua irmã, filha da Marinete.

— Minha irmã, filha da Marinete.

— Meia-irmã.

— Meia-irmã.

— Preciso que você vá até lá e conte que morri, por isso não voltei. Diga a ela que não dependeu de mim, por minha vontade jamais a abandonaria nem à mãe dela, a Marinete, o amor da minha vida. Vá até lá, meu filho, conte pra elas, Joana tem apenas oito anos, precisa saber que não sumi porque quis.

Pela primeira vez lamentei ter o dom de falar com os mortos. Passei toda vida sem ter um pai que acompanhasse meu crescimento, que fosse um exemplo para mim. Agora, morto, ainda me pede para resolver um estrago causado por traições dele. Traiu minha mãe e a mim; traiu Marinete e Joana. E de novo trai a mim, me tornando um traidor também.

Meu impulso foi mandá-lo ao inferno, talvez até onde já estivesse, sei lá. Não respondi. Por dias, cheio de vergonha por compartilhar aquele segredo, não pude encarar minha mãe e tive muita raiva. Me calei. Quando fico desse jeito, alheado, Léa entende, dá espaço e aguarda que eu retorne dos subterrâneos em que às vezes me afundo. Nesse caso, demorei.

Mas os mortos não descansam em paz quando se sentem atormentados por seus pecados. Nem a morte é empecilho quando querem alguma coisa. Meu pai passou com detalhes o endereço de Marinete, uma travessa num bairro de Olinda. Descreveu a casa amarela com a pitangueira na calçada, rua de paralelepípedo de frente para uma praça. No fim, para me livrar da insistência dele, engoli a zanga e concordei. Apenas Léa soube do meu destino, excitada com tudo aquilo.

Nervoso e aturdido, sem saber o que fazer quando chegasse a Olinda, embarquei num feriado com passagem de volta comprada para dali a dois dias. Só não estava preparado para tamanha claridade, nem para a embriaguez da brisa com cheiro de mar, muito menos com o que senti ao ver Marinete. A rua estava lá, os paralelepípedos, a praça, a pitangueira na calçada bem em frente ao portão. Bati palmas, um cachorro latiu, Marinete abriu a porta.

Tremi. Diante de mim estava uma deusa roliça, vestido branco de alças, olhos verdes estatelados de imensos. Com uma toalha na mão, enxugava os cabelos. Segurei o impulso de sugar as gotas do banho que ela ainda trazia nos ombros.

Marinete empalideceu e tive a impressão de que ia desmaiar, então corri em direção à porta e a segurei. Antônio, Antônio, dizia ela e me abraçava entre soluços e desespero, beijava o meu rosto, a boca, falava o nome do meu pai, ao mesmo tempo que o xingava de filho da mãe, velhaco escroto, maldito, te amo seu sem-vergonha, miserável, quase morri. Abracei-a também, desfrutando de seus peitos fartos espremidos contra mim, o cabelo grosso e cheiroso junto ao meu queixo. Esperei que se acalmasse e percebesse seu engano.

Não havia engano, Marinete sabia que não podia ser meu pai, mas desejou que fosse. No abraço, iludiu-se de ter seu homem de volta.

Perdi o dom de falar com os mortos, talvez por ter finalmente encontrado o amor verdadeiro. Minha casa fica numa rua em Olinda, bem de frente a uma praça. Tem uma pitangueira na calçada, o cão late se alguém chega ao portão. Quando eu morrer, vou buscar um mensageiro que faça contato com os vivos, e então mandarei um recado para Léa, quem sabe ela me perdoe.

A praga da tia

Ela fica horrorizada quando vê o esmalte das unhas descascando. Na pressa de sair, nem havia percebido. O que fazer? Esconder as mãos? Difícil. Maldição! Dia de festa na casa da tia, o esmalte descascando é um descuido fora de hora.

Tia Ofélia adora reunir a família em casa, de bebês em carrinhos a idosos em cadeira de rodas. Nunca dava muito certo. Havia excessos, excesso de gente, de bebida, de comida que, no fim, produziam outros excessos. As pessoas perdiam a compostura, recalques vinham à tona. Os de idade avançada ouviam mal, enxergavam mal e se entediavam com aquele mundo que não reconheciam mais. Uma boa parte dos convidados saía dali ressentida, crianças se atracavam provocando discórdias entre os pais, esbanjavam-se ciumeira e maledicência. Alguns deixavam de se falar por um tempo depois das festas de tia Ofélia.

Havia, é claro, os que se divertiam e os que voltavam para casa tão bêbados que não se recordavam das injúrias e dos desaforos.

A anfitriã ignorava tudo isso e era quem mais aproveitava circulando pelos grupos com sua elegância e carisma formidáveis. Já Ofélia sobrinha odiava essas iniciativas. Ainda mais assim, insegura, com o esmalte das unhas descascando, que desleixo. Não bastava ter o mesmo nome daquela com quem todos se encantavam? Durante toda a vida as comparações lhe pareceram tão inevitáveis quanto injustas. Como competir com tamanho brilho? Solteira — por escolha, não por falta de oportunidade nem de paixões —, Ofélia tia decidira que o casamento não se ajustaria ao seu temperamento exuberante e livre. Filhos muito menos, já que havia tomado para si a criação da sobrinha batizada com seu nome, órfã da irmã e do cunhado mortos num acidente. Para uma criança que havia perdido os pais, não tinha sido um convívio muito apropriado. A tia era carismática, desenvolta e surpreendente, mas avessa ao contato físico, beijos nunca e dava um jeito de guardar distâncias. Em casa, mantinha o rosto besuntado de creme, para evitar rugas, dizia, e ao sair, o batom vai manchar sua bochecha, ao negar um beijo. À menina restavam um tapinha nas costas, um afago na cabeça e era tudo.

Esse afastamento só fazia aumentar a aura de mulher misteriosa e interessante a atrair um séquito de admiradores que lhe servia de plateia embevecida, entre eles, a sobrinha. A menina intuiu muito precocemente que existir seria um exercício desafiador.

No seu décimo segundo aniversário foram assistir Hamlet. A tia comemorou o fato de, na peça, uma das principais personagens se chamar Ofélia. Fez disso um acontecimento. Juntas escolheram vestido e sapatos novos, a pequena usou perfume da tia e brincos que foram de sua mãe.

Um grande cartaz anunciando a peça tomava a parede da entrada do teatro: a linda princesa Ofélia deitada sobre o leito de um riacho, segurando nas mãos um ramo de flores, os olhos semicerrados, a boca ligeiramente aberta. A menina ficou magnetizada pela beleza da cena e quis reconhecer nela própria, não só o mesmo nome da moça, como também a pele clara, seus cabelos castanhos em longa trança.

Ao final da peça, entre decepção e susto, entendeu que a figura do cartaz não estava adormecida, mas morta, a personagem havia enlouquecido e se suicidara, e que viver a fantasia de se tornar uma princesa como Ofélia de Hamlet não tinha mais sentido. Foi o fim irremediável da infância, a entrada abrupta no mundo adulto e revelador da existência do mal por trás da beleza.

Por um bom tempo sentiu-se enganada e perdida. Como resistência, apegou-se à outra fantasia: desistiu de si mesma para ser a tia, não como a tia, mas a própria tia, seu reflexo perfeito em postura, voz, gestos. Esse confundir-se levou alguns anos.

O resgate teve início com uma crise de estafa absoluta que a internara numa clínica por uns tempos. Desmascarar a Ofélia que copiava e, em seguida, encarar a Ofélia que verdadeiramente era exigia a desgastante e cautelosa recomposição de uma vida inteira. Um processo que ainda estava incipiente naquele dia da festa. Que falta de sorte esse esmalte descascado!

No quintal, como num palco onde se sucedem os dramas, a figura da tia — com uma túnica florida, pulseiras e colares étnicos, os cabelos agora brancos adornados com uma faixa colorida — se irradia soberba aos olhos dos convidados e da sobrinha, que a observa da varanda. A algazarra silencia aos poucos quando a tia subitamente se cala, senta-se e, em seguida, leva a mão ao peito, solta um gemido e cai.

Um primo médico é chamado. O corpo estendido no chão tem os olhos semicerrados, a boca ligeiramente aberta, suas mãos crispadas torcem o tecido florido da túnica, Ofélia parece segurar um ramalhete.

Ofélia no riacho, Ofélia morta.

Da varanda, a sobrinha acompanha a cena, dá as costas e entra em casa. Está à procura de acetona para remover o esmalte das unhas.

Delírios e alucinações

O escolhido

Na primeira vez em que vi Deus foi quando Ele saiu de uma rachadura na parede do meu quarto. Era uma casa antiga de estuque, fervia no verão, gelava no inverno e estava cheia de rachaduras. O Altíssimo deve ter ficado ali a noite toda, pois me abordou logo que amanheceu. Depois disso apareceu muitas vezes e percebi com o tempo que tinha preferência por fendas, nunca entendi bem por quê. Mas variava. Em outras poucas ocasiões surgiu de um armário, do bagageiro de um ônibus, da lata de biscoito que havia na cozinha e até mesmo, há pouco tempo, de dentro de uma ostra, no aniversário da minha mulher, nem pude lhe dar atenção em razão dos convidados presentes ao jantar. Pedi discrição, falamos depois, sussurrei.

Embora só tenha se apresentado em toda Sua glória celestial ao sair da rachadura do quarto, já havíamos trombado antes de forma diferente, sem aparições, mas com mensagens. Ainda me lembro bem da primeira ocasião em que o fato se dera, embora faça bastante tempo.

Talvez eu tivesse uns quatro ou cinco anos quando na família anunciaram que haviam alugado uma casa na praia (o que é praia?). Venha, entre no carro, estamos atrasados (o que é atrasados?). Iam me levar para conhecer o mar (o que é mar?). Lá chegando, custei a entender do que se tratava aquela vastidão de água a se movimentar em assombrosa inconstância, um monstro com muitas línguas enormes se esborrachando com estrondos sobre a areia.

De minha parte não houvera entusiasmo algum, só medo.

Eu não saia do rasinho –– o rasinho era onde o mar se derramava como nuvem na areia, havia explicado meu irmão mais velho. Venha, bobo, dizia ele, um rei para mim, eu o imitava em tudo. Encorajado, ainda assim tinha me aventurado a pisar na espuma gelada cheio de cuidados.

Posso?, eu tinha perguntado a Deus, pedindo licença para pôr os pés naquelas nuvens branquíssimas, como se fossem o próprio céu. Sim, tens a minha permissão — Ele havia respondido dentro da minha cabeça, o que lembro de ter considerado uma coisa muito natural. Eu perguntei, Ele respondeu.

Assim que pisei na espuma, fui tomado da certeza de que me transformaria num anjo, cresceriam asas nas minhas costas e eu subiria às alturas e nunca mais voltaria para casa. A perspectiva me encheu de pavor e me fez correr até minha mãe, gritando que Deus queria me levar para o céu, Deus me livre!, mamãe riu e, de mãos dadas, fomos juntos ao rasinho. Ao me sentir em segurança, fiquei ali um longo tempo, me deliciando com a água indo e vindo, a ponto de nem perceber que mamãe havia soltado a minha mão e mergulhado.

Deus, então, falou comigo pela segunda vez: Seus pés estão enterrados na areia, cada vez mais fundo a cada onda que chega, venha para mim ou o tinhoso, o homem do saco, a loira do banheiro e todos os seres malvados que estão atrás de criancinhas puxarão você para as profundezas do inferno. Apavorado, gritei outra vez por socorro sem conseguir soltar os pés cada vez mais afundados na areia pelo vem e vai das ondas. Meu irmão gostava de me assustar com essas criaturas malévolas e naquela hora eu havia acreditado que estava definitivamente perdido, que meu fim seria aquele mesmo, queimar no inferno, virar carvão. Será que dói?

Daquela rachadura do quarto, Deus saiu muitas vezes e só posso concluir que tenha sido por conveniência, um bom lugar para estar, íntimo, escondido, já que o Poderoso se revelava na forma de um punhado de massa disforme, maleável e brilhante, como glitter, de modo que não se sentia comprimido ou claustrofóbico.

No primeiro dia chegou dando bronca: Cadê aquele quadro do Sagrado Coração de Jesus que sua mãe pendurou na parede para cobrir a rachadura? Mudo de susto com a aparição, demorei a responder. E aí, garoto? Não tenho toda a eternidade a seu dispor, insistiu Ele. Gaguejei que havia retirado o quadro desde a ida do meu irmão para o seminário, quando o quarto tinha ficado só para mim. Tentei explicar que, afinal, tinha sido um favor, já que eu havia me tornado um punheteiro, pecaminoso demais para os olhos misericordiosos do Filho de Deus. Era constrangedor para Ele e para mim.

O Juiz Supremo do Universo tinha lá suas razões para se aborrecer. Ninguém descarta impunemente Seu Filho Amado, ainda que num quadro. Eu poderia ter argumentado a meu favor: Por que está tão zangado? Não foi esse Filho que andou protestando Pai, Pai, por que me abandonaste?. Não o fiz, seria impertinente de minha parte.

Ponderei, então, com toda reverência que se deve conceder ao Soberano dos soberanos, que a transferência do quadro para a sala tinha sido uma promoção, dado que passaria a estar exposto num espaço mais condizente com a importância do Filho do Altíssimo.

— Do quarto com rachaduras para a sala, pendurado na parede bem acima da televisão — argumentei.

— Querendo me enrolar, criatura? Logo a mim, que criatura o fiz? Que atrevimento!

Deus é um sujeito implicante.

Depois daquela experiência traumatizante de conhecer o mar, passei a ouvir a voz de Deus em todo canto, no ventilador do quarto, no silvo da panela de pressão, na campainha da escola que anunciava a hora do recreio. Aprendi a decifrar as mensagens, eram sempre para me advertir dos perigos, e assim passei a vida a driblar, graças a Deus, as armadilhas que se apresentavam, armadilhas comuns a todos os seres humanos, nada de especial.

Até que o Todo-Poderoso resolveu aparecer naquela manhã com toda sua luminescência na rachadura da parede. Ainda cogitei, depois disso, que tivesse sido um episódio único, um puxão de orelha pela retirada do quadro do Sagrado Coração de Jesus. Porém, tratou-se da primeira de várias vezes em que surgiu em glitter resplandecente.

Ficamos íntimos.

Confesso que nem sempre seus conselhos foram o que se possa chamar de sagrados. Algumas sugestões do Altíssimo escapavam por brechas eventuais entre os dez mandamentos e os sete pecados capitais, o que me causava certo espanto. Casos, como luxúria, ganância ou desejar a mulher do próximo não passavam de tropeços humanos, vistos com certa benevolência a depender dos propósitos divinos. Alguns escorregões, por exemplo, me eram perdoados, como colar na prova de trigonometria, ciência para a qual eu não tinha habilidade nenhuma, bem sabia Ele, aliás, o promotor de todas as coisas.

Houve momentos em que fiquei confuso sem saber se os fins justificavam os meios ou se a diferença entre ética e moral se tratava apenas de uma questão de nomenclatura. Também me confundia na definição de pecado, do que se tratava afinal? Esse entendimento me custou anos de sussurros divinos, longos debates em que invariavelmente eu era o perdedor. Houve até caso de o Mestre perder a paciência e gritar enfurecido diante da minha ignorância com uma ou outra questão.

É preciso de vez em quando chicotear os vendilhões do templo — ensinava —, para o próprio bem deles. Com o tempo entendi a mensagem. É necessário ceifar o mal, não por minha causa ou pelo próximo, mas pelo próprio mal. Seja astuto, ensinou o Altíssimo, exterminá-lo usando ele mesmo, o mal com o mal. Estratégia brilhante, só mesmo vindo de quem veio na Sua venerável sabedoria.

Passei a ficar atento, um verdadeiro detetive atrás de infiéis, obstinado a perseguir a desobediência, os que ultrapassam as fronteiras dos preceitos. Tornei-me um soldado vigilante e intransigente.

Creio que aquela oportunidade na praia muitos anos antes tenha sido um prenúncio, uma espécie de antessala dos grandes fóruns onde se determina o futuro da humanidade, dos quais Deus, na Sua magnanimidade, me chamou a participar. Tentei explicar isso a minha mulher, que me tornei um predestinado, ela não entendeu, mas certos conhecimentos são apenas para alguns. Me chamou de maluco, confessou que já desconfiava fazia tempo e ameaçou me internar. Se tornou um mal que fui obrigado a extirpar. Usei uma faca da nossa cozinha.

A modista

No fim da vida arrependeu-se de quase tudo que fez e do que deixou de fazer. Das pequenas impertinências, das grandes rebeldias. Foi intolerante e egoísta e tinha um jeito arrogante de falar com as pessoas, de constrangê-las e assim afastá-las.

Havia sido batizada de Filomena em homenagem a uma bisavó desconhecida, exceto por um retrato em preto e branco pendurado no vestíbulo da sala de estar do casarão, o maior da cidade. Uma mulher jovem, vestido abotoado até o pescoço, as mangas longas, mãos cruzadas no colo.

O que tinham em comum, a bisavó e ela, para justificar um nome que desprezava? O mesmo tom de pele, clara e manchada de sardas? Os cabelos castanhos, que se tornaram meio ruivos com o passar do tempo? Embora não fossem parecidas, muitos reconheciam o ar altivo da bisavó no jeito petulante de Filomena, que fazia questão de estar sempre em desacordo com alguma coisa.

Na infância, ser chamada de Mena havia sido natural e sem importância. Um pouco mais velha, deu graças por não a terem apelidado Filó. Um pouco mais velha ainda, quando já costurava os vestidos com que frequentava o footing na estação de trem e na praça, passou a detestar o nome por inteiro. Coisa de cozinha, dizia, de quem fica no tanque, de quem faz o serviço da casa e tem a pele escura.

Os rapazes do Tiro de Guerra costumavam chegar às sextas no final do dia, recebidos por um pelotão de moças com seus vestidos novos e rodados copiados dos moldes da revista alemã Burda, que seu Nassim trazia, semana sim, semana não, junto com tecidos e acessórios. Graças a isso, circulavam na moda, apesar de viverem na pequena cidade de vocação rural.

Filomena engasgou no próprio nome, de vergonha e de emoção, quando viu Luiz Augusto descer do trem, impecável de uniforme cáqui, e alguém os apresentou.

Apaixonaram-se. Luiz Augusto a chamava de Mena, minha criança. Filomena amansou em sua raiva, ficou mais disposta, menos orgulhosa. O amor a havia modificado, diziam. Mantiveram um namoro casto e terno até que Luiz Augusto foi convocado pela Força Expedicionária Brasileira e embarcou para a Itália. Antes disso, noivaram.

Havia algo de fatal e romântico em ter um noivo combatente. Filomena manteve esse clima alimentando fantasias, enquanto ouvia as novelas no rádio que iam ao ar logo depois do noticiário sobre a guerra. Aqueles poucos minutos de tormentas e lágrimas consolavam Filomena, cada vez mais dócil e apaixonada, para o espanto de todos.

Foram duas as reações imediatas à notícia da morte de Luiz Augusto: choque e alívio. O amor havia abrandado em demasia o seu gênio rebelde, tirando-a do prumo em que se debatia com a vida e as pessoas. Nos tempos de noivado fora outra, uma desconhecida para si mesma, uma fraude. Havia desempenhado muito bem o papel de noivinha saudosa que em nada tinha a ver com a Filomena de verdade. Agora estava livre.

Irritou-se com a banalidade dos olhares benevolentes e piedosos que se seguiram à notícia. Achou o luto medíocre e decidiu que não era para ela. Mas ajustou os fatos em benefício próprio. Convenceu a família de que o melhor seria se transferir para a capital a fim de recolher os cacos do seu coração partido.

Era um pouco verdade e um pouco mentira. Só na maturidade pôde dar nome ao que sentira então. Há formas de amor e formas de amar. Luiz Augusto foi o homem da sua vida porque foi o homem impossível e por isso o homem certo. Assim como são os amores que na sua impossibilidade se tornam perfeitos, únicos. Filomena amou perdidamente seu amor perdido e alimentou esse afeto por muitos anos, mantendo-se a noiva viúva e intocada.

Na capital foi morar num apartamento amplo em bairro nobre e levou adiante os planos de se tornar modista e viver num ambiente de elegância e requinte como merecia. Recebia uma boa mesada do pai e fez do seu ofício uma forma de vida em torno da moda e da beleza. Completou um curso de alta-costura e passou a se apresentar como Maria Augusta, em homenagem ao noivo morto. A partir daí, Filomena estava tão morta quanto ele.

Nos primeiros tempos tudo funcionou muito bem. Maria Augusta frequentava os mesmos salões aonde iam as freguesas que vestia, e se enchia de prazer ao ver o sucesso dos seus modelos. Depois, isso não a satisfazia mais. Aquela profusão de gente que entrava e saía do apartamento era volúvel e inconstante e com seu gênio difícil foi impossível criar laços.

Passou a imaginar Luiz Augusto ao seu lado. Ao voltar para casa dos jantares e bailes sentava-se por uns instantes na sala, e, como se ele estivesse na poltrona em frente, conversava sobre as trivialidades da noite, enquanto lhe servia um chá. Trocou a cama de solteira por uma de casal, encheu uma das gavetas com cuecas, meias, gravatas e lenços. Pendurou no armário um terno completo com colete, camisa social e escolheu um par de sapatos de cromo alemão. No banheiro havia duas escovas de dentes, gilete e loção de barba. Não esqueceu de uma calçadeira e de acender cigarros durante o dia, ainda que não fumasse, pois dava um ar masculino ao ambiente.

Maria Augusta foi se encantando com seu mundo de fantasias, deixando-se levar por ele cada vez mais. A vida real era tratada com desleixo. Suas clientes se ressentiram e foram aos poucos se distanciando. Ainda que a mesada da família tivesse se reduzido com a passagem dos anos, manteve apenas meia dúzia das freguesas antigas e isso era o bastante para ela, como bastavam as radionovelas para confortar seu coração.

Foi nesse coração aturdido de fantasias e solidão que Genésio Gomes, conhecido como GG, o galã das radionovelas, fez o estrago maior. Maria Augusta sofreu uma leve tontura ao reconhecer na voz de GG o timbre de Luiz Augusto, no tempo em que a chamava de Mena, minha menina. Sentou-se ao lado do rádio em transe, passou a mão no rosto e viu que chorava. Sempre havia classificado as lágrimas como descaso com a vida, uma fraqueza diante do que precisa ser feito. Olhava com espanto as pontas úmidas dos dedos como uma impertinência do corpo.

    Não se dobrou. Acostumada à cômoda posição de ser a escolhida, pela primeira vez tomou a iniciativa e procurou GG. Foram três cartas seguidas relatando sua surpresa com a coincidência das vozes. Audaciosa, abandonou o perfil Maria Augusta de toda vida e revelou sentimentos que nunca expressara antes, nem mesmo a Luiz Augusto. Não esperava resposta, estava satisfeita com aquele desabafo de frustrações e ausências, mas GG lhe escreveu de volta e sugeriu um encontro.

    Um cravo branco foi a senha, ele com a flor na lapela, ela a levaria na mão. Costurou um vestido novo para o encontro, encomendou um casquete do mesmo tecido. Nervosíssima, Maria Augusta se atrasou de propósito para o encontro na confeitaria, queria vê-lo da rua antes que ele a visse. Escondeu o cravo branco nas costas e olhou pela vitrine. Lá estava ele, o cravo reluzia em sua brancura na lapela do terno azul-marinho bem cortado. GG havia deixado o chapéu na cadeira ao lado, tinha um cigarro aceso na mão pousada sobre a mesa e um anel no dedo mindinho. Por detrás da fumaça, Maria Augusta enxergou um bigode fino, o olhar manso. Genésio Gomes era negro.

Desmemória

Hoje é domingo, me contam, o moço vem me ver, não sei bem, ando confusa, ele me diz seu nome, mas esqueço. Um moço lindo, está apaixonado por mim, parece. Coitado, nem sabe que já não amo ninguém, esgotei tudo em matéria de amor e fui feliz. Ando tranquila, o corpo leve, livre de paixões. Dizem que ele vem aos domingos, não sei bem, traz chocolates, flores às vezes. Sentados no meu quarto ouvimos música juntos e ele me faz perguntas, eu respondo, embora invente um pouco, não quero que me ache uma tonta, um moço tão bonito. Sou vaidosa, sempre fui. Não sei quem é essa a me encarar no espelho, nem de quem são as mãos enrugadas no meu colo. Devem ser esses óculos de lentes embaçadas, distorcem as vistas, só pode ser isso. Fico acanhada por não entender bem as coisas que o moço me conta, então não digo nada. Moro aqui?, não reconheço, embora não conteste por vergonha, vão dizer que sou meio doida. Mas posso descrever em detalhes a casa de vila onde fomos morar, Anísio e eu, quando casamos. Tinha um fogão a lenha num puxadinho perto da cozinha, lembro bem disso. Eu gostava de estar ali em dias de chuva, fogo e água.

***

Lili era quase um bebê quando tive o Benjamim. De uma fresta entre uma telha e outra, Josemar, que consertava o telhado, me viu amamentar meu filho, deve ter ficado lá um tempão a espiar. Quando olhei para cima ele desviou, mas saber que ele me via naquele estado, meu peito nu farto de leite, deu em mim uma comichão como nunca senti. O telhado demorou um bocado a ficar pronto, Anísio a reclamar de Josemar, ô sujeito incompetente, dizia, mas uma hora era o caibro torto, outra a chuva, outra as telhas que vieram quebradas e a coisa foi indo, indo, o telhado sem ficar pronto, de tal modo que não houve santo ou santa que segurasse a paixão. Lá estava eu prenha de novo e já não sabia quem era o pai. O telhado e a paixão terminaram juntos. Josemar foi embora do mesmo jeito que foram algumas telhas com a ventania e a chuvarada que caiu na noite em que tive o terceiro, em casa mesmo, que não se podia sair pra lado nenhum.

* * *

O moço me traz uma lata com flores na tampa, está um pouco amassada e tem as bordas torcidas, dentro há fitas, botões e pulseiras, cordões. De Elizabeth, me conta ele, sua filha Lili. Ele também, ora bolas! Uma mulher que vem aqui diz que é Lili e me chama de mamãe. Minha filha Lili é uma mocinha, não essa mulher madura. Mas deixo que me trate de mamãe, deve ter problemas, pobrezinha. O moço também me fala de Benjamim, seu outro filho, diz — eu rio, claro que sei que é meu filho, um garoto esticado que nem um varapau. Conto pro moço que Benjamim era o nome de um espadachim com quem eu havia me encantado num romance, e em cujas mãos eu imaginava uma espada reluzente de fio cortante. O moço faz anotações, não sei por que, nem pergunto para não encompridar a conversa. Me sinto esquisita depois que ele sai, beijou-me a mão, que gentil, mas deixou esse incômodo, ideias que vêm e logo vão embora. Benjamim, Lili, Anísio, tenho saudades.

* * *

Um vizinho enfermeiro de nome Damião, conhecido na vila pelo seu bigode enorme e grosso, veio ajudar no parto e acabou que não foi necessário, o bebê escapuliu de mim que nem azeitona como quando a gente tenta espetar com o garfo. Não sei o que me deu na hora, a cabeça de Damião entre as minhas pernas enquanto eu só pensava em como devia ser macio aquele bigodão. Posso dizer que quando meu menino nasceu senti como se fosse um espirro bem dado, um arrepio da cabeça aos pés. Não foi difícil convencer o marido a chamar o menino de Cosme, em homenagem a Damião, que nos prestou tamanha ajuda, mas aí eu já estava apaixonada por ele e pelo que seu bigode era capaz de fazer. Damião trabalhava em turnos de vinte e quatro horas e passava dois dias de folga em casa, era só pular o muro. Como enfermeiro, quis que a gente respeitasse o resguardo dos quarenta dias, embora eu estivesse interessada de verdade nas carícias do seu bigode, delícia para a qual não havia necessidade de resguardo algum.

* * *

Hoje deve ser domingo porque o moço está aqui e pede que eu fale da minha vida. Meu pensamento se embaralha com a conversa dele, fala de pessoas, como se eu as conhecesse, mas não lembro, fico quieta para não deixar o moço sem graça, tão bonzinho ele. Talvez tenha se enganado comigo e me confunde com outra pessoa, o amor faz isso, faz que a gente queira se enganar. Vez ou outra ele diz coisas que têm algum sentido para mim, coisas de muito tempo atrás, não sei como ele, tão novo que é, possa se lembrar, que estranho. Pergunta se tenho recordações de Anísio, claro que sim, chego a rir, com quem ele pensa que está falando? Anísio tem cavanhaque, a voz grossa que nem o mugido de um touro e sem muita paciência com as minhas tolices românticas. Devaneios, conforme diz. Anísio me acusa de deixar de viver minha própria vida enquanto vivo as histórias que leio, heroínas chorosas, apaixonadas e atormentadas por amores não correspondidos. Faz tempo que Anísio não vem me visitar.

* * *

Percebi uns sintomas e fui até o posto. A médica me avisou que eu, com um filho de peito, era um caso pouco comum de engravidar. Nessa altura, Damião foi transferido e se mudou para longe. Senti falta, mas não tanto, pois quase morri de tanto enjoo daquela vez e me esquivei das vontades. Engravidei de gêmeos, Romeu e Julieta. Nada me convenceu de que o menino não era filho de Damião e a menina de Anísio, porque combinavam respectivamente com um e outro. Levamos para o pastor Damásio batizar, eu não estava bem, muito cansada de cuidar dos quatro, mas algo se acendeu em mim quando o pastor tomou minha mão para levar até as testas das crianças e não a largou mais, fui ficando mole e quase desmaiei.

* * *

Tem uma coisa que me agrada: quando o moço vem, sei que é domingo. Sinto que ter certezas é uma coisa importante, principalmente se os outros percebem. Ficam numa felicidade! É estranho, não entendo bem por que é assim, então finjo que acho tudo muito trivial. Hoje ele trouxe um computador, me pergunta se sei do que se trata. Claro que sei, tolinho. Me arrependo, talvez ele tenha entendido que falando assim eu tenha criado intimidade e pode querer se aproveitar disso. Fecho a cara. Sou fria e reservada quando explico que aqui no hotel a gente costuma usar computadores, temos aulas, eu e meus amigos.

* * *

Ardiam o corpo e a alma nas visitas que pastor Damásio me fazia, entre um culto e outro, enquanto as crianças brincavam no quintal. Louvado seja, louvado seja, gritava ele durante as intimidades. Eu não sabia o que fazer, então também gritava: Amém, amém. Depois ele chorava, dizia que era de arrependimento, mas voltava dali a dois ou três dias para se arrepender de novo. Eu tratava de ir cuidar das crianças porque filho não espera quando quer alguma coisa, e largava o pastor com suas culpas, que eu não tinha nenhuma, graças a Deus. Jonas nasceu nessa fase da minha vida, Jonas, aquele que viveu dentro de uma baleia. Como eu, um espaço imenso, fechado e escuro.

* * *

É domingo de novo porque o moço volta, chega e me beija com intimidade. Não sei o que faço para que ele entenda que devo recusar esse flerte. Tive tantos amantes e filhos que até me embaraço e confundo uns com os outros, tantos são os nomes, tantos os afetos. Anísio viaja muitíssimo e fico sozinha com as crianças, sinto falta de uma dança, um olhar, embora a cada retorno nossa paixão parece que aumenta. Meus amantes são todos um só: Anísio. Enquanto conversamos, eu e o moço, chega uma mulher e, como a outra, me chama de mamãe, claro que é uma brincadeira, minhas filhas são meninas, têm cabelos compridos e não usam óculos como essa. Ela e o moço se conhecem, é o que suponho, eu faço que sei bem o que está acontecendo. Esse hotel é muito bom, cuidam dos hóspedes como nunca vi em nenhum outro, mas deixam entrar pessoas estranhas, vou reclamar com o gerente. Essas visitas ficam comigo um tempo e só conseguem embaralhar minha cabeça, fazem perguntas que não sei responder, então olho, ora para eles, ora para a janela, e me faço de surda. Me incomodam e me cansam, finjo que durmo.

* * *

Passei muito mal no parto de Jonas e um médico veio falar comigo, disse que eu devia me operar para não ter mais filhos. Tive que rir, um louco, ele. Anísio achou o mesmo, minha mulher é forte, saudável, doutor, e voltei para casa do mesmo jeito com que me internei para o parto, com tudo no lugar. Precisei fazer um tratamento, tomar uns comprimidos para evitar filho, conforme explicou o médico, o que soava para mim como loucura, evitar filho era evitar o amor. Passei uns tempos triste, molenga para tudo, com os peitos doloridos, engordei. Ainda morávamos no subúrbio, mas numa casa bem maior. Me custava levantar da cama de manhã, durante o dia eu circulava pelos cômodos abrindo as janelas, adivinhando a altura do dia pelo sol que entrava por elas. A patroa parece um fantasma, ouvi certo dia uma das ajudantes comentar. Depois do almoço eu me deitava, as crianças chegavam da escola e ficavam um pouco na cama comigo e logo se iam para suas brincadeiras. Eu me sentia só e ao mesmo tempo me importunavam as companhias.

* * *

Um homem bate à porta do meu quarto e já é quase noite, estou deitada descansando. Levei um susto porque ele foi entrando sem mais nem menos, puxei as cobertas sobre mim, acho que até dei um grito porque ele se desculpou, se inclinou e me beijou a testa, fiquei em pânico, dizia alguma coisa que não entendi, estava assustada com aquela invasão. Ele é delicado, pega a minha mão, fala tão baixo que aí é que não entendo mesmo. De repente, ele começa a chorar, soluça, fico tão aflita, meu Deus, então se deita sobre meu peito e diz que me ama. Eu o abraço também, sinto tanta pena, sem querer começo a cantar, Dorme meu pequenininho, dorme que a noite já vem... então choramos os dois, sinto uma enorme saudade dele, não deste que está aqui, mas do menino que foi e a quem eu embalava. Tudo parece tão confuso, ele me pede perdão, claro que o perdoo, digo, embora não tenha ideia do que ele está falando, mas repito que, sim, eu o perdoo, quem sabe ele se acalma e vai embora?

* * *

Os finais de tarde são melancólicos, sempre achei que fossem, dia e noite se confundem, como se confundem as minhas lembranças. É quando sinto saudades da vida que tive, dos amantes, meus amores passageiros. Gosto de pensar que eles dividem com Anísio a paternidade dos nossos filhos. Identifico nas crianças o momento de cada amor. Laura tem a pele mais escura do que seus irmãos, o que me traz lembranças de Adeildo, o carteiro. Nosso namoro teve bons e maus momentos como são as cartas com notícias que se alternam. Na sua docilidade de homem simples, era difícil para ele entender as incongruências do amor e se tornou extremamente ciumento, sendo incompreensível que eu pudesse estar com ele e Anísio ao mesmo tempo. Foi incapaz de perceber que o amor é feito de espantos. Ah, meu querido Adeildo, ia do choro ao riso, impetuoso feito uma criança. Tive de me afastar, já não ia ao portão buscar a correspondência, queria estar com ele, mas ele mesmo tornou isso impossível. Na época, descuidei dos comprimidos, no fim, foi uma maravilha. Laura se tornou a preferida de Anísio. Claro que as outras meninas ficaram ciumentas. Eu também, um pouco.

* * *

Hoje é possivelmente domingo porque o moço me visita e traz algumas fotografias. Fico muito perturbada com isso, ele me fala de lugares, aponta pessoas, lembra, vovó? Algumas sim, porém, não revelo que a maioria é estranha para mim. Olha a senhora aqui, ele diz — aquela sou eu? Vou até o espelho e fico transtornada, quem é essa mulher? Toco meu rosto, a imagem me imita. Tenho medo de me mexer, qualquer movimento e aquela mulher de cabelos brancos e ralos, a boca caída dos lados pode me denunciar: sou eu. O moço segura meus ombros e me conduz até a poltrona. A testa me dói, fecho os olhos.

Falam que perdi o apetite e me ameaçam: vai ficar anêmica, fraca.

O moço está aqui e quero que vá embora, ele me cansa, continua a me fazer perguntas, não quero responder, viro o rosto e finjo dormir.

Agora dizem que estou desidratada, até parece uma acusação, nem ligo, que se danem.

Finalmente Anísio vem me ver, brigo com ele, por onde você andou?

Calandre da Avon

Pelo arrastar dos chinelos, chap, chap, chap, Zezé era capaz de adivinhar o percurso de Ernesto: caminhando pela calçada, parando no portão, entrando no pátio. Logo, logo, veria sua cara vermelha e risonha no vitrô acima da pia da cozinha onde ela está lavando a louça. Oi, nega, diria ele. Ernesto tinha os passos ligeiros, não se tratava de um velho, mal fizera cinquenta anos. O arrastar dos chinelos havia se tornado um hábito de muito tempo. Zezé agradecia por isso, chap, chap, chap, o som chegava como um aviso, oi, nega, diria, e ela teria um sorriso preparado. Cuidar dele, de seu bem-estar era ao mesmo tempo seu prazer e sua carta de alforria, assim ficaria livre para sair de casa ao encontro do seu amor sem o incômodo da culpa.

Já havia lavado as roupas e logo poderia recolhê-las do varal. Olhou o relógio, cedo ainda, tinha tempo de passar a ferro a maior parte. Em seguida alisaria o lençol na cama do jeito que Ernesto gostava, poria uma toalha limpa no banheiro, as mudas de roupa para os próximos três dias estariam arrumadas nas gavetas da cômoda, cuecas, camisetas, bermudas. Podia ver Ernesto entrar na cozinha e a abraçar pelas costas, tem tempo pra um amorzinho, nega?, perguntaria, e ela diria que sim, conferindo as horas por sobre o ombro. Como uma despedida, Zezé pensava, e se sentia bem com a ideia, a consciência satisfeita do dever cumprido e o corpo livre. Depois do banho, com Ernesto ressonando na cama, ela arrumaria na sacola os uniformes, uma bolsinha com o batom, o pó, a lixa de unha — tinha muito cuidado com isso, devia mantê-las curtas por causa dele, da sua pele macia. O restante, a escova de dentes, o xampu, coisas assim, já havia deixado no quarto que usava na casa dele. Tinha um perfume também, Calandre, da Avon, um presente do seu querido havia dois natais. Quase morreu de emoção ao ganhar, chorou mesmo. Usava o perfume apenas quando estavam juntos, devia guardar aquele aroma para ele, não para Ernesto. Era muito cuidadosa com os detalhes, havia estabelecido regras para si mesma que observava com rigor. Às vezes escapava alguma coisa que a deixava aflita, se amargurava até, como no dia em que Ernesto encontrou a foto do seu amor que ela havia surrupiado. Ah!, como Zezé se martirizou por aquele esquecimento, como pôde? Afobada, inventou uma explicação na hora — era para achar um porta--retratos, é que tem aquela loja no caminho para o serviço, então me pediram, iam pagar pra ela, não se preocupe. Não estou preocupado, nega, dissera ele, mas nunca soube se ele havia mesmo acreditado na história. A partir daí redobrou os cuidados, escondeu a foto numa bolsa dentro do armário e ia lá espiar de vez em quando para matar a saudade.

    Num dia em que ela havia ficado em casa de folga, Ernesto adoeceu. Zezé pediu à filha casada que viesse ficar com o pai, já fazia dois dias que estava afastada do serviço e sabia que ele precisava dela tanto quanto Ernesto. Saiu cheia de pressa e ao chegar viu que o seu atraso havia criado uma tensão, estou aqui, amor, repetia e acariciava seus cabelos castanhos, curtos e lisos, achei que você não vinha, que havia morrido, dizia ele, que exagero, amor, não vou morrer não, pelo menos não agora, e ria, deliciada com a sensação de se sentir completa.

Aconteceu o contrário também, teve o dia em que ela chegou e ele não estava, uma apendicite, contaram, foi de ambulância para o hospital, emergência. Zezé rezou para todos os santos que conhecia, ajoelhou num canto do quarto e pediu a Deus que a levasse no lugar dele, que tinha uma longa vida pela frente. Quase se urinou de felicidade quando o viu de volta, meu querido, e cobriu-o de cuidados no período da recuperação, sem largar dele por dias seguidos. Ernesto entendeu, ou fingiu que entendeu, mas ao voltar para casa Zezé estava tão aliviada que pela primeira vez não teve a cautela de amansar o marido com sua presença. Dormiu o dia inteiro sem esconder que, embora cansada, estava feliz demais. Ganhou uma longa folga e pôde recuperar a confiança de Ernesto, cheia de esmero para compensar sua ausência, fez isso com gosto.

No entanto, afastada, teve saudades do seu menino de olhos azuis, tão magrinho, que tremia ao lhe contar os pesadelos da noite. Zezé o abraçava e ouvia atentamente os seus medos, aqueles e outros. Só ela sabia amansar seus temores, sem ela, quem o faria? E o uniforme da escola, teriam aprontado? Levariam o garoto até o ônibus e pediriam ao motorista que evitasse os buracos para não incomodar o recém-operado? Zezé fica inquieta com todas essas dúvidas, sente que deveria ter se organizado melhor, pensa que seu menino pode ficar inseguro. E sofrer. A panela de pressão começa a chiar, vinte minutos e o feijão estará cozido, mas o barulho enerva Zezé, confunde seus pensamentos, ela apaga o fogo, destampa a panela, tira a pressão e põe de volta em chama normal com gestos irritadiços. Dois dias no hospital o deixaram magrinho, ainda mais do que já é, depois de amanhã vou fazer vitamina de abacate, passo na feira antes de ir para o trabalho. Chap, chap, chap, Ernesto para no portão, compro beterraba também porque deve estar anêmico, toda criança fica anêmica depois de uma coisa assim grave, chap, chap, chap, Ernesto entra no pátio, Zezé fica atenta, apura os ouvidos, percebe que os passos não estão acelerados como sempre, molha o rosto na pia para afastar as preocupações com o menino, aguarda, mas a cara vermelha e risonha de Ernesto não aparece no vitrô da cozinha. Vai até a porta, ele está caído no chão. Ela se aproxima apressada, afaga seu rosto, dá um grito, os vizinhos acodem, não há o que fazer.

 Zezé foi cuidar do menino quase no tempo de seu corpo murchar para a condição de ser mãe novamente. Descobriu ser possível ter dois amores iguais, tesouros cuidadosamente mantidos, polidos por seus carinhos sem que ela se sentisse pertencer menos a um do que a outro. Aprendeu a preservar espaços distintos no coração, porque não sabia ser inteira e dividida ao mesmo tempo. Zezé se entregava, uma pessoa diferente em cada lugar: na casa para Ernesto; no serviço, para o menino.

 Contudo, algo havia escapado. Não bastaram os tantos desvelos dedicados ao marido. Talvez não tenha acertado também com a criança. Amar alguém não é suficiente para ter controle sobre suas dores ou escolhas. Há sempre um passo em falso, um nó que não segura o laço.

 Zezé passa a semana sem vontade de nada, a relembrar os pequenos detalhes que juntaram sua vida à de Ernesto. Olha para o quarto vazio, a pia limpa de refeições que não tivera ânimo de preparar, para quem?, e pensa que teria agora de montar seus próprios diálogos. Não estava disposta, não ainda, quem sabe um dia? Está tão triste que naquele momento duvida que esse dia possa chegar. Prefere o silêncio, não fala com as pessoas, não atende aos telefonemas da patroa, o menino não passa de uma lembrança bem vaga. Chap, chap, chap, ouve sem parar, está enlouquecendo numa espera que não acaba.

A filha encontra Zezé ora sentada na cozinha, uma xícara de café frio sobre a mesa, ora deitada, ainda que seja o meio do dia, a cama sempre por arrumar. Areja a casa, liga o rádio, puxa conversa. Disposta a retirar as roupas de Ernesto do armário, sugere: vamos doar. Não é a hora ainda, diz Zezé, embora não saiba que hora será aquela.

— Veja, mãe — diz a filha depois de remexer no armário —, achei algumas coisas suas nessa bolsa, acho que você esqueceu delas, tem até uma foto do menino que você cuida, que bonitinho. — Recostada na cama, Zezé parece cochilar e não demonstra interesse. A filha insiste, olha, mãe.

Zezé sente um sopro do Calandre, da Avon, que exala da foto bem próxima do seu rosto. Abre os olhos e ouve um chap, chap, chap vindo não sabe de onde, o coração acelera, a pele se arrepia. Oi, nega, escuta clara e forte, a voz do menino.

Invernos

Porque é domingo e o bairro está silencioso, posso ouvir o sino da igreja. É bonito, mas me deixa melancólico, dá saudade. Toca às seis, às nove e ao meio-dia, e novamente às dezoito horas chamando para as missas. Eu continuo deitado, torcendo para que Salete se atrase e me deixe quieto por mais alguns minutos. Inútil, logo escuto os saltos dos seus sapatos no corredor. Dá raiva esse seu jeito de gazela, saltitando no meu quarto, determinada a me fazer levantar da cama. Não sei pra que, se não tenho nada a fazer. Salete fala alto, abre as cortinas, dou uns gemidos, cubro o rosto. Inútil novamente, estou em suas mãos.

Emagreceu de amor, dizem de mim. Verdade. Fui tomado por essa impertinência de amar novamente. Nessa idade!, disseram também, quase zombaria.

A luz me incomoda, reclamo, Salete faz que não escuta. Aliás, não é a única, ninguém me escuta, não querem me ouvir, também não me veem e isso já faz algum tempo.

* * *

Pisou na calçada e quase desistiu de sair. Fazia frio, chuviscava um pouco. Fez menção de se virar, abrir a porta e entrar no prédio de volta, também desistiu. Indeciso, aguardou um pouco e resolveu não pensar, apenas ir. Percorreu o quarteirão aproveitando as marquises para escapar da garoa. Na esquina esperou o sinal verde antes de atravessar. Logo que pôs os pés no asfalto alguém o puxou para trás pela gola do casaco.

* * *

O tempo torna as pessoas invisíveis além de velhas, obviamente. Percebi depois que fiquei viúvo aos setenta e seis. O processo é lento, embora contínuo, você vai sumindo aos poucos. Tenho a impressão de que um casamento longo, como foi o meu com a Frances, leva os outros a nos confundir, o casal se torna uma pessoa, de dois viram um só. Morta a minha mulher, morri também, parece.

Salete insiste para eu me levantar, está frio, resmungo, o dia feio, chuvoso. Vai ficar com dor nas juntas, ela diz como se rogasse uma praga. Diante disso, me dou por abatido — Salete, a predadora — e me levanto. Sou obrigado a desviar dela — Salete, a espaçosa — que puxa o cobertor e os lençóis com a fúria de um otomano, de um viking bárbaro.

— Entrando no meu quarto, como você faz, qualquer dia desses vai me encontrar pelado — foi a minha vez de praguejar.

— Não vou ver nada demais.

Megera.

Me fecho no banheiro. É uma hora boa do dia, a única em que o meu pinto dá mostras de que não morreu, isso me traz ânimo, infelizmente por pouco tempo, pouquíssimo. A bexiga cheia pede para ser esvaziada e aí se vão ela e o pinto, ambos murchos. Dou um suspiro, não há nada mais que eu possa fazer a respeito.

* * *

Uma mulher — quem o agarrou pela gola do casaco foi uma mulher. Ele se apoiou nela e quase caíram os dois. Abraçados, buscaram o equilíbrio. Perguntou como ela estava. Estou ótima, mas assustada, o senhor quase foi atropelado. Tinha sobrancelhas grossas bem arqueadas, o cabelo curto, escuro como seus olhos, um rosto divertido e sincero. Como assim, atropelado? Talvez ele lhe parecesse um bocado confuso, um suicida em potencial, porque ela o convidou para um café. Acho que o senhor está precisando, disse, e cruzou seu braço no dele.

* * *

Se tem uma coisa apreciável em Salete é a sua disposição para trabalhar aos domingos. Necessidade não é, vive da sua aposentadoria somada à do marido inválido. Ex-policial, deu azar num confronto e uma granada lhe arrancou uma das pernas.

Salete é reservada, mas certa vez deixou escapar que se aborrecia com a televisão ligada em jogos de futebol durante todo o domingo, prefere sair de casa. Para mim, nunca fez sentido seu marido gostar de um esporte em que os craques fazem o diabo com suas pernas musculosas, duas para cada um e ele, coitado, com uma só.

Foi maldade minha pensar assim, mas se tem uma permissão dada a mim mesmo desde a morte de Frances foi ter ideias e vontades maldosas. Andei aplicando uns chutes na cachorra da síndica. Meu carro é grande e ocupo duas vagas na garagem, vagas a que tenho direito. Ela vive me enchendo por causa disso. Estaciono do jeito que quero sem atrapalhar ninguém, qual o problema? Questão de ordem e exemplo, quis ela argumentar. A cachorrinha deu um latido esganiçado quando o bico do meu sapato atingiu sua barriga cor-de-rosa, mas a dona, ocupada em me esculachar, nem percebeu.

Me tornei menos rude depois que a conheci, meu amor, até nisso mudei.

* * *

Chamava-se Rita, tinha uns trinta e poucos anos, ele calculou. Divorciada, ela e o marido mantinham a guarda compartilhada do filho pequeno. Trabalhava como fisioterapeuta, atendia numa clínica, como também em domicílio, e quando o salvou de ser atropelado estava a caminho da igreja para um batizado, a filha de uma prima, contou. Não estaria atrasada?, o sino já havia tocado. Provavelmente sim, mas não se importava, vinha evitando encontrar a família, alguém sempre puxava conversa sobre seu casamento desfeito, coisa de parente. Além do mais, o ambiente de igreja a perturbava, o cheiro de velas lembrava morte, desterro.

* * *

Meu casamento se desfez depois de quarenta e seis anos. A morte nos separou, conforme teria profetizado um padre caso tivéssemos casado na igreja, o que não aconteceu. Conheci Frances em Los Angeles, para onde fui quando meus pais praticamente me expulsaram de casa. Eu tinha quase trinta anos e não me decidira sobre o que fazer da vida. Não fosse pelo fato de conhecer Frances, o projeto de estudar cinema em Los Angeles teria sido um total equívoco, eu era ridiculamente sem jeito pra coisa. Graças à sua insistência, disciplina e talento, Frances se tornou uma documentarista consagrada. Talvez pelas mesmas razões eu a tenha conquistado, fui insistente, disciplinado e talentoso em convencê-la a vir comigo para o Brasil. Nos casamos antes, para facilitar a burocracia.

Tenho pensado muito nisso ultimamente, como fomos capazes de manter nosso casamento por tanto tempo. Com Rita, nem cheguei perto de iniciar um relacionamento, embora quisesse ardentemente que acontecesse.

— Vai ficar aí dentro a manhã toda?

Pronto, lá vem Salete de novo me atazanar. Nem respondo, abro a porta do banheiro e passo por ela como se não existisse. A mesa do café está posta, mingau, frutas, a odiável e insistente vitamina de banana. Só posso acreditar que Salete seja louca por vitamina de banana. Tomara aproveite, porque tomar aquilo não tomo, não.

Há uma conspiração entre ela e meus filhos: está muito magro, um vento mais forte vai te derrubar, dizem. Ridículos, se nem tenho saído de casa. Só se for uma corrente de ar por causa de janelas abertas, digo a eles. Não sei de onde tiram essas ideias, deviam saber que Salete se encarrega de trancar tudo, a ponto de o apartamento latejar de quente como uma incubadora para recém-nascido.

Talvez isso fosse mesmo necessário, nascer de novo. Na verdade, pode-se dizer que tentei, mas não deu certo.

* * *

A grande revelação daquela manhã foi a reação do seu corpo ao contato com o de Rita. Ardiam os braços que a tocaram, o lugar do rosto onde ela havia encostado o seu para um beijo roto, rápido — tchau, preciso ir ou chegarei depois da cerimônia, a criança já batizada, vai ser um vexame. Antes de sair pediu o telefone dele, estava preocupada, havia percebido seu desalento e queria ter certeza de que ficaria bem. Ele havia gostado de ouvi-la, preferiu ficar em silêncio, admirar seu rosto, os lábios a se mordiscar de vez em quando, apreciou o timbre sereno e baixo da sua voz. Pela vitrine do café ele a viu atravessar a rua e desaparecer. Logo desviou os olhos para a marca de batom que ela havia deixado na xícara vazia a sua frente. Teve uma saudade imediata da sua presença, teve saudade de si mesmo, do homem pleno que havia sido. Teve saudade do desejo.

* * *

O jornal de domingo está sobre a mesa, um calhamaço. Eu costumava ler de cabo a rabo, agora não mais, tenho dificuldade para me concentrar, desde que Rita invadiu meus olhos, meu coração, a mente. Sua imagem vaga em frente a mim e me impede de ver e viver o que se passa por trás dela. Prefiro assim, o foco só em Rita e mais nada.

— Já terminou? Ora vejam, deixou tudo aí! — a voz irritada de Salete me deixa malcriado.

— Reservei a vitamina de banana para você. Não vá jogar fora — falo.

Meus filhos têm razão, Salete também, estou muito magro. Meu apetite tem nome: Rita. Me sinto saciado, não preciso de mingaus, muito menos de vitaminas de banana. Dispenso as notícias, as leituras, a companhia dos amigos. Rita me preenche com sua juventude, seu jeito de viver tão diferente do meu sem a Frances. Quanto tempo faz, cinco, seis anos?

Sempre vivi de administrar a herança dos meus pais, nada conquistei por mim. Já Rita depende de si mesma, vive do seu trabalho, conta os centavos para pagar o aluguel no final do mês. Eu a contratei duas vezes por semana, propus três vezes, ela achou desnecessário. Quando vem, invento umas dores lombares, ela me massageia, vou ao céu e volto. Depois que sai, nem me mexo para não perder a lembrança do seu toque.

Vou da copa para a sala e sento na poltrona sem trocar o pijama, está frio e tenho preguiça. Ando pensando demais no meu casamento com Frances, talvez queira encontrar a fórmula, um manual de como fazer um relacionamento dar certo. Deu certo? Não sei bem. Fizemos um trato bastante bom, conveniente a nós dois, um trato instalado naturalmente. Choveram convites depois que ela ganhou um prêmio internacional com o documentário sobre as mulheres afegãs, e passou a viajar muito. Montei meu escritório em casa, meu mundo de trabalho se converteu em vinte metros quadrados, enquanto o de Frances era o mundo, mais prêmios, mais contratos, mais viagens. Eu levava e buscava as crianças na escola, frequentava as reuniões de pais, mantinha a caderneta de vacinação sempre em dia, a dispensa e a geladeira em ordem, pagava as contas. Com a internet tudo ficou mais fácil, não só o meu trabalho, mas o meu contato com a Frances e o dela com nossos filhos.

Tratando-se de Rita, sem acordos desse tipo. Eu a quero comigo, lado a lado todo o tempo.

* * *

No começo tudo funcionou como ele esperava, Rita ficava por quase uma hora pressionando seus músculos ou sentada em frente a ele para acompanhar os exercícios. Conversavam bastante, ele a estimulava com perguntas e, mesmo depois de ela ir embora, era capaz de escutar sua voz, à semelhança das sirenes de ambulância cujo som leva um bom tempo para se desgrudar dos tímpanos. Até que ele estragou tudo. Não devia ter passado dos limites, devia ter se contentado com aquele encostar de rostos, o beijo dado no ar ao lado da sua orelha, mas, não, num atrevimento mais ligeiro do que o bom senso, pegou na sua mão, puxou-a para si e encostou sua testa na dela, os lábios muito próximos. Ela deu um salto para trás, puxou a mão e disse um rápido até logo, quase uma fuga. Os atendimentos ficaram bem mais silenciosos depois disso, os toques um pouco ríspidos, os rostos mal se tocavam no beijo de despedida.

* * *

Salete me pergunta se pode fazer um frango assado para o almoço como se fosse uma novidade. Durante anos era o que se comia aos domingos, quando calhava de comermos em casa. Nunca me incomodei com cardápios, nem Frances, e depois de sua morte, aí sim, tanto fazia, comer não era essencial.

Um dos piores males da viuvez é fazer as refeições sozinho. Mesmo com Frances viajando, as crianças e eu comíamos juntos, e, passado um tempo, quando minha mulher parou de viajar e se dedicou a dar aulas, sua companhia à mesa era um prazer, tinha sempre um caso interessante para contar. Aliás, contar histórias era o que Frances fazia de melhor.

 Hoje estou implicante, digo a Salete que não quero o frango assado.

 — Ensopado, então, com batatas. Arroz?

 — Não quero frango, Salete, nem ensopado, nem assado, desossado ou vivo, pode ser? — levantei um pouco a voz e logo me arrependi, Salete me olha com ar esquisito. Pena, talvez?

 — Ficou assim desde que a moça deixou de vir.

 Ela sabe como me deixar irritado.

* * *

 A primeira vez em que Rita faltou à sessão, ele se sentiu traído. Perambulou pelo apartamento percebendo-se inútil, o ar contido no peito, quase uma dor. A partir daquele recuo dela aos seus carinhos, ele tinha recuado também e vinha se comportando como um cliente, não como um homem apaixonado, um amante quase casto. Fazia a conversa girar em torno da sua saúde e só. Estava certo que isso seria suficiente para que voltassem às boas. A ele bastava a presença dela, ouvir sua voz, sentir o seu contato. Mas um dia ela faltou.

* * *

Ouço o sino, já é meio-dia e ainda estou de pijama. Respondi há pouco uma mensagem do meu filho, não, não vou sair para almoçar, Salete está aqui cozinhando, você sabe. Também não o convidei, gosto da minha nora, mas ela insiste em falar da Frances como se se sentisse obrigada a isso. Talvez a tolinha ache que é uma forma de me constranger, seu velho idiota apaixonado, ponha-se no seu lugar. O coração é independente, minha filha, anda por si mesmo e por onde quer.

Resolvo tomar um banho, fazer a barba, não por querer, mas por ter tomado a decisão de estar sempre pronto caso Rita venha me ver de surpresa. Não, não perdi a esperança. Quem sabe ela tenha sentido a minha falta, do meu olhar sobre ela, atento, desejoso. Estar pronto é uma estratégia que me ajuda a passar o dia.

Também tínhamos uma estratégia, Frances e eu. Começou com ela, eu acompanhei. Das primeiras vezes, supus ser por nervosismo: brigávamos e ela só respondia em inglês, sua língua de origem. No início eu falava em inglês também, depois em português mesmo e dessa forma passávamos um bom tempo digladiando em idiomas diferentes. Nunca investiguei, mas penso que seja até comum nos relacionamentos as pessoas criarem meios de suavizar a raiva, quem sabe assim a coisa toda não degringole de vez. No nosso caso foi o idioma.

Salete deixou uma roupa limpa para mim sobre a cama. Mulher estranha, quer me controlar com tanta competência.

— Vai demorar muito aí dentro?

Meu Deus, ela me persegue.

* * *

Duas semanas ausente e Rita voltou, sua aparência abatida o deixou comovido. Estive doente, explicou. Podia ter avisado, pensou ressentido. Apesar disso, ficou animado. Afinal, ela havia voltado, uma prova de que ele não tinha sido moleque demais ao tentar beijá-la. Embora o estado de Rita inspirasse compaixão, estava tão exultante com sua volta que não havia nele espaço para ser compassivo. Rita chamou sua atenção: não saiu de casa todo esse tempo? Não fez caminhadas? Está um pouco arqueado, os membros precisam se exercitar, movimentar as articulações. Também estive um pouco resfriado, mentiu, com esse frio evitei sair. Não confessou que seu corpo congelara com a ausência dela.

* * *

Por fim, me vejo livre de Salete depois do almoço. Posso dar espaço a meus devaneios sem o barulho da cozinha para me atrapalhar ou a presença de mais alguém em casa concorrendo com o silêncio e a solidão que desejo. Somos só nós agora, Rita e eu. Imagino-a sentada no sofá em frente a mim, acompanho os movimentos quando se levanta, seu sorriso ao me trazer uma xícara de café. Conversamos, então.

Tenha um cachorro, um gato, já me sugeriram mil vezes. Nem me dou ao trabalho de argumentar, finjo acatar a ideia por pura preguiça. Eu daria tudo por um mundo silencioso, por não me ver obrigado a puxar conversa com a mocinha atendente da padaria ou o motorista do táxi. Cumprimentar com um bom-dia já é suficiente para especularem sobre a minha vida, como estou passando, como me sinto com esse calor, com esse frio. Tudo é um tédio.

Salete me acusa de estar a cada dia mais ranzinza. Esse é meu plano, nem ela nem meus filhos entenderam: quero ser insuportável para me deixarem em paz, em paz com Rita, o espectro de Rita, que seja.

* * *

Não pôde evitar de compreender, pelo fungar do nariz, que ela chorava, mas fingiu não perceber para não a envergonhar. Também ele se sentiu envergonhado, como em geral se sente diante da dor ou do vexame de alguém. Foi fácil fingir, estava deitado de bruços, a cabeça entre os braços. Num certo momento, ela se aquietou, havia deixado de tocá-lo nas costas, de aliviar suas panturrilhas com a pressão dos dedos. Ele esperou, o fungar persistiu. Rita chorava, sem dúvida, e talvez esperasse uma reação dele. Entre excitação e pânico, virou-se na maca devagar, sentou-se, ela estava de costas, seu corpo tremia com os soluços. Ele pôs um pé no chão, depois o outro, o coração disparado. Aproximou-se, botou as mãos sobre os ombros dela, que se entregou a um abraço. Nunca mais voltou.

* * *

    Acordo com o sino das dezoito horas, dormi demais. Não me lembro onde parei na minha conversa com a Rita, que imagino sentada no sofá em frente a mim. Ah, falávamos de umas férias na Califórnia, quando alugamos um carro e descemos a Big Sur até o México. Penso que nunca disse a você, querida, mas, conforme dirigíamos cada vez mais para o sul, a sua pele sempre tão clara foi escurecendo aos poucos por causa do sol. Eu não cansava de olhar pra você, Frances, era uma beleza o contraste do seu cabelo claro com a pele bronzeada. Tivemos momentos incríveis, darling, gosto de lembrar deles, você não? Olha só, Frances, é tão cedo ainda e já está escuro lá fora. O sino da igreja bateu agora há pouco, são só dezoito horas. Sabe, naquele dia no café, o dia em que nos conhecemos? Você ia para um batizado, lembra? Contou não gostar de igrejas, não me esqueci. Disse que elas têm cheiro de morte.

NY, adeus

No caminho para o metrô cruzou com uma senhora miúda, muito velha e tão curvada, que andava em ângulo reto em relação à calçada. Não era possível imaginá-la sentada para comer, assistir tevê ou fazendo coisas banais como escolher uma roupa no armário. Ele voltava para o hotel e pensou que, ao chegar, seria uma boa experiência andar daquele jeito, olhando os próprios pés e sentir, ainda que por minutos, como seria alguém viver tendo o chão como horizonte.

Caminhava com os fones instilando Miles Davis no cérebro, alheio ao que se passava ao redor. Foi por pouco que não percebeu aquela senhora curvada de forma tão impressionante, o que teria sido uma pena, já que tinha atração por excentricidades, mais propriamente por pessoas excêntricas. Quem o conhece não diria isso, logo ele, um sujeito convencional e regular. Ficou impressionado, nunca tinha visto alguém como aquela senhora miúda.

Estava em Nova York a trabalho. Jamais escolheria Nova York para férias, era o tipo de lugar que evitava. A quantidade absurda de excentricidades o deixava maluco. Pela mesma razão, fugia de Copacabana como um vampiro da luz; esteve em Amsterdã certa vez para nunca mais voltar. Sofria um grande estresse com as tantas figuras incomuns que ali circulavam.

O trem não estava tão cheio, sentou-se logo. Um homem à sua frente lia um livro, o que ele classificou como uma excentricidade. Todos ao redor se entretinham com seus celulares. Tentou descobrir o título, mas o livro era pequeno. Podia ser uma Bíblia.

Enquanto ponderava essas coisas, Camile entrou no trem. Não que ele soubesse que se chamava Camile, soube depois de uma longa e silenciosa perseguição. Camile entrou no trem e transformou sua vida. Tinha os cabelos suspensos num coque bem no alto da cabeça. Vestia um short curto de onde saíam coxas volumosas metidas em meias pretas transparentes. Calçava botas que chegavam aos joelhos, um colant acentuava os seios. Exceto onde se via pele, tudo mais era preto: colant, short, meias, botas. Inclusive as unhas, o batom e a pintura em torno dos olhos.

Foi para ele um choque e tanto aquele esplendor de excentricidades, tirando de foco o homem e sua Bíblia. Ficou de tal forma abalado que nem pensou no que fazia, se apresentou a ela ali mesmo sem timidez alguma e não a largou mais até receber sua atenção. Camile era mexicana, estudante de arte. Tinha o ardor latino, a impaciência dos jovens e o desprendimento de quem ainda não entendeu o que significa existir. De tão nova, faltava a ela dar crédito às invertidas da vida e lhe sobravam ardor e hormônios. Quase o matou de um frenesi intenso.

Decidido a controlar seu afã pelas excentricidades que o transtornavam, resolveu reduzir seu mundo a Camile, seu lugar a Nova York. Não bastavam, porém, amor ou determinação. Camile e Nova York eram demais para ele. Passados uns meses, foi internado com sintomas de estresse profundo.

Passou a ter alucinações com a velhinha encurvada que viu na rua momentos antes de Camile entrar na sua vida. Culpava a si mesmo por não ter entendido a mensagem: uma predição sobre os tormentos desse amor desenfreado, incomum, excêntrico. Passou a andar curvado, num ângulo de noventa graus. Dizia para quem quisesse ouvir que seu horizonte era o chão — o cinza-escuro das calçadas de Nova York, o cinza-claro do piso do hospital.

Meu caro Nada

Escrevo a você por absoluta falta do que fazer a esta altura. Não se trata de pôr as cartas na mesa, pedir explicações ou colocar você contra a parede. Trata-se de resolver se dou o passo em direção ao precipício ou não.

É curioso: lidamos com um sem-número de escolhas todos os dias e, no fim, de que servem? Temo até que nesse emaranhado da vida, nessa sucessão de fatos que nos enchem olhos e ouvidos, somos ridiculamente iludidos de que detemos o poder das escolhas quando na verdade somos escolhidos por elas.

Veja o meu caso. Tive a melhor formação que um cidadão do mundo possa almejar, nasci em um lar estruturado, meu pai proveu a família, minha mãe cuidou de mim e dos meus irmãos com rigor católico, apostólico, amoroso. Tudo isso fez de mim um bom sujeito, como dizem, honesto, mas vulgar até certo ponto. Se me distingo de alguns é por força da obrigação, afinal, seria o mínimo para quem já nasceu em berço de oportunidades. Cumpri com o que esperavam de mim e o fiz com galhardia.

Portanto, no campo das escolhas, me deixei levar e admito humildemente que fui escolhido. Logo, não é justo que eu lhe peça explicações, escrevo apenas para informar que, afinal, farei uma escolha. Não há nenhum heroísmo nisso, entenda bem. É possível mesmo que seja um ato covarde. Trata-se, porém, do único possível diante do dilema em que estou, a partir de um certo momento depois que nos encontramos.

Aconteceu numa tarde e penso que você se lembra disso. Eu havia por fim acabado de ler os muitos jornais que leio todos os dias, estava tão pesado em mim mesmo, tão cheio de informações, conclusões e análises que me recostei no sofá e me vi de repente diante de uma certeza límpida de que não havia o menor sentido em tudo aquilo.

Não tenho certeza se fiz a pergunta em voz alta ou se gritei abismado com a lucidez da minha compreensão ou se apenas pensei nela, o fato é que me achei digno de receber uma resposta de quem quer que fosse:

— Afinal, se viemos do pó e a ele retornaremos, o que deve ser feito nesse intervalo entre um pó e outro?

Nesse instante você me invadiu, violou mente, emoção e espírito, e à luz foi dado um filho seu: tornei-me um Nada recém-nascido.

De início, foi confortável ser aprendiz de Nada. Me desfiz das imposições, das certezas tanto quanto das dúvidas e, tomado por grande mansidão, me vi num estado absoluto de ausência. Tinha o olhar absorto, os gestos calmos e passei a reagir quando me levavam a isso, mas jamais a agir por mim mesmo, o que torna tudo muito mais fácil, embora menos digno, reconheço.

Com a mente livre, as emoções em estado de placidez absoluta, passei a usar minha inteligência para alimentar os prazeres do físico. Tornei-me um ás da corrida, todos os dias pedalo quilômetros e nado outros tantos. O vento e a água passam por mim como se eu não tivesse corpo, um genuíno filho de Nada.

Eu não contava com o que aconteceu há poucos dias e que me fez tomar a decisão. Seu nome é Maria Lúcia, e me fez rir. Pois é, fiquei tão surpreso quanto você. Isso mudou tudo, não é incrível?

Pois bem, caro Nada, fiz a escolha afinal, talvez a primeira e mais definitiva da minha vida. Decidi dar um passo atrás e virar as costas para o precipício, como um bom filho do Tudo.

Amanhã estarei com Maria Lúcia diante de um juiz de paz. Bonito isso, juiz de paz.

Você não está convidado.

Sinais vitais

Urubus são manchas negras que circulam no céu, distantes. Indicam carniça, bicho putrefato, lixões. Ambicionam a morte, a decomposição, mas estão longe, não passam de sombras escuras no céu.

Soraya já havia visto muitos, como todo mundo. A bem da verdade não lhes dava nenhuma importância, não fazia diferença para ela se urubus existiam ou não. Até que um deles pousou na janela do seu quarto.

Não percebeu de imediato que se tratava de um urubu, era inconsistente e incomum demais que acontecesse dessa forma e tão próximo dela. Estava sentada na escrivaninha diante de uma pilha de processos que havia trazido na noite anterior, e apenas girou a cabeça ao sentir o vulto escuro ao seu lado. Não se mexeu, encarou o animal, observando-o. Ele fez o mesmo. Olharam-se em reconhecimento.

Com a vidraça fechada, o exame de parte a parte durou alguns poucos minutos. O bicho era surpreendentemente grande, mais de meio metro de altura, talvez. Soraya calculou que a envergadura das asas alcançaria o dobro disso e cobriria quase todo o vão da janela. Antes que Soraya pensasse no que faria em seguida, a ave bicou o vidro duas vezes.

Usando a ponta da caneta que segurava, Soraya tocou a vidraça no mesmo local, duas vezes também, num desafio. O urubu não se mexeu, mas logo voou dali. Soraya imediatamente desceu ao térreo.

Seu apartamento ficava no segundo andar de um prédio baixo sem elevador, cercado de outras construções numa região altamente urbanizada. Nada condizia com a presença de urubus. Soraya circulou pelo jardim do térreo e a garagem. No fundo do pátio procurou por sacos de lixo semiabertos, ratos ou passarinho mortos, e nada achou. Intrigante.

Não era possível saber se o urubu que surgiu na sua janela na manhã seguinte era o mesmo do dia anterior. Bicou a vidraça duas vezes e se foi, como antes. Novamente Soraya vasculhou a vizinhança, observou o céu, nada de bandos de urubus circulando no alto. Um mistério.

Na vez seguinte em que viu o bicho, Soraya lavava louça na pia da cozinha. Pôde ver suas garras presas no alumínio do vitrô, os olhos de ambos na mesma altura e um novo exame de parte a parte. Não ficou nem mais nem menos assustada do que das vezes anteriores, mas cresceu nela a confusão inicial. Talvez fosse ali, pensou, na cozinha, algum alimento exalando um odor pestilento que o olfato do animal fosse capaz de identificar e o dela não.

Soraya fez uma limpeza completa da geladeira, revistou o lixo, o forno, jogou no triturador da pia algumas frutas muito maduras e, por fim, considerou inútil descer ao piso térreo novamente numa busca sem resultado.

A quarta visita foi definitiva para Soraya. Haveria de ter uma resposta para aquela intrusão desmedida, e ela se decidiu a ir buscá-la de qualquer jeito. Fez uma longa pesquisa a respeito de fenômenos semelhantes, procurou por notícias sobre uma possível revoada de urubus fora do usual e foi cuidadosa ao fazer perguntas aos vizinhos para não provocar especulações desnecessárias. Com a ajuda do zelador do prédio, usou uma escada para olhar o terreno vizinho à padaria e deu um jeito de investigar o quintal da borracharia da esquina.

Ao fim de dois dias, voltou daquela pesquisa de campo deprimida com a absoluta falta de explicação para o caso. Entrou no apartamento pensativa e intrigada com tudo aquilo. Da porta mesmo observou em detalhes a sua sala impecavelmente arrumada, o piso brilhante, o vaso de flores sobre a mesa de jantar, os porta-retratos enfileirados no guarda-louças, os cristais que reluziam dentro da cristaleira.

No quarto, abriu o armário à procura de uma roupa para trocar, observou a perfeita disposição dos cabides iguais, as gavetas arrumadas. Voltou-se para a cama, a colcha lisa, almofadas organizadas por tamanho e cores, e sentiu, nauseada, o cheiro intenso de podridão da sua vida estagnada.

Conto para Cortázar

Atravessou a rua e viu o gato sentado sobre as patas traseiras. Olá, gato, brincou, mas descobriu surpreso que se tratava de um gato de porcelana, amarelo com manchas marrons.

Seguiu adiante, intrigado com aquilo, e logo avistou, na esquina do próximo cruzamento, mais dois gatos, um preto e outro amarelo com manchas marrons, idêntico ao primeiro. Já não teve dúvidas, eram ambos de porcelana. Dali mesmo observou ao redor a rua vazia de gente e de carros, as casas silenciosas, e pôde enxergar agora um pequeno grupo de três gatos, um preto, um amarelo de manchas marrons e um acinzentado, o trio postado na esquina de cima.

Não se aproximou, permaneceu ali por um instante, tentando entender do que se tratava, um jogo de pistas? Então viu que do outro lado da rua estava um gato branco, mais gordo que os outros, olhos azuis, olhando fixamente para ele. Teve certeza de que, dessa vez, era um gato de verdade a lhe fazer sinais com a cauda peluda, varrendo com ela o piso da calçada em movimentos vagarosos. Mais curioso que seduzido, cruzou a rua em passos cautelosos em direção ao gato branco. O gesto foi suficiente para que o animal se erguesse e, com olhares frequentes para trás e um caminhar lânguido, o guiasse por dois ou três quarteirões.

    Chegaram por fim a uma praça com um chafariz inacabado no centro. Tratava-se de uma construção inédita e impressionante: tanques redondos em três níveis, cujas muretas eram ornadas por gatos de porcelana pretos, amarelos com manchas marrons e acinzentados dispostos lado a lado. Estava, porém, incompleto, um chafariz ainda seco. No nível mais baixo e mais amplo, na mureta rente ao piso, havia um espaço vazio entre um gato cinza e um gato preto, dando a impressão de que, se preenchido, completaria a obra e a água jorraria livremente. Ele sentiu um impulso inexplicável e incontrolável de ocupar esse vazio, um convite que ele aceitou cordial e mansamente.

    Desde então, numa certa cidade, que não passa de um vilarejo, há um chafariz que chama a atenção dos visitantes. Dele brota água ininterruptamente, dizem os moradores, mesmo nos meses de seca, mas não sabem dizer com precisão desde quando, já que se trata de uma construção muito antiga, os detalhes desgastados pelo tempo. As muretas em três níveis foram construídas com esculturas de gatos sentados sobre as patas traseiras, um vizinho ao outro. São esculturas coloridas, mas apenas uma delas, amarela e marrom, mantém a cor viva e fresca.

Transfiguração

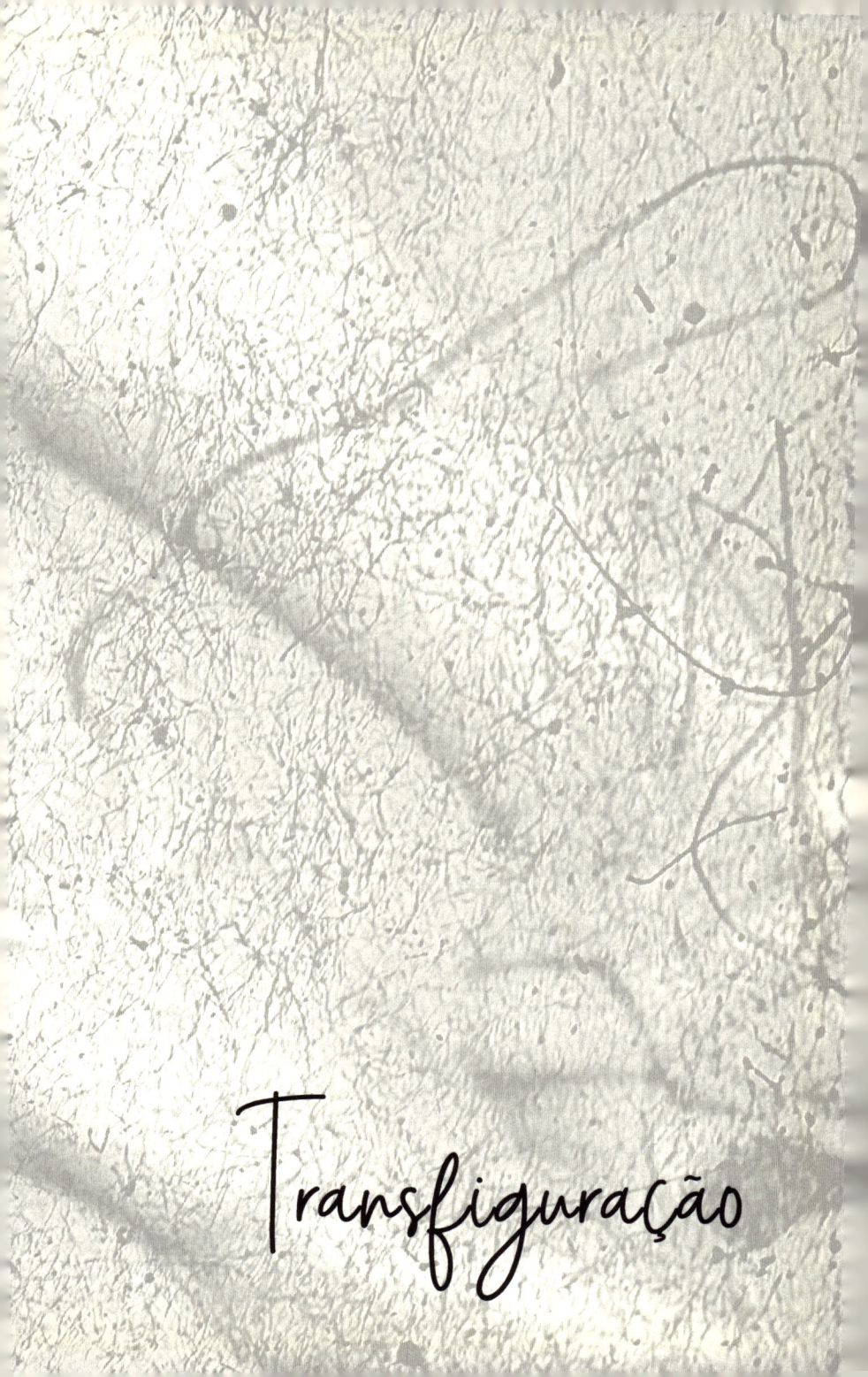

Café na tarde

Está parado com o carro no sinal fechado e ela atravessa na faixa de pedestre bem à sua frente, dando pequenos pulos de uma faixa branca para a outra, evitando a parte escura do asfalto. Em seguida, nota que se trata de Alice, não se viam há anos. Buzina, abre a janela, grita seu nome, mas ela não se vira em sua direção.

O sinal abre e Alfredo tenta não a perder de vista, até que pudesse fazer um retorno e alcançá-la mais adiante. Na manobra, é obrigado a desviar o olhar e, por instantes, teme que ela tivesse sumido em meio à multidão na calçada como havia desaparecido da sua vida. Para o carro assim que pode, desce e, de repente, estão um diante do outro, os olhos azuis de Alice atrás dos óculos. Não acredito, ela diz. Alfredo ergue as mãos, encolhe os ombros e balança a cabeça, mostrando seu espanto. Alice entende.

Logo estão na casa dela, um apartamento pequeno com jeito de Alice: vasos de plantas, o piano, cheiro de pão fresco e de bolo recém saído do forno. Alfredo percebe que ela vive sozinha, os objetos perfeitamente dispostos na estante, o assoalho brilhando. Sentam-se à mesa da cozinha, ela animada fala sobre a vida, ferve a água, coa o café, serve. E você, Alfredo, me conta tudo, pede, está muito calado.

Sua mão não está firme ao pegar a xícara de café. Sente vergonha por isso. Talvez ela pense que esteja doente ou, pior, apenas envelhecido demais, olhos turvos, ombros arqueados. Alice nem pode imaginar que a emoção o estrangula, há um alvoroço nele, mal sabe que ele havia começado a envelhecer e a perder o viço ainda muito jovem, no exato momento em que ela tinha ido embora. Sua mão não está firme, ele também não.

Alice põe suas mãos sobre as dele em torno da xícara, há ternura no gesto, ele agradece com o olhar. Percebe que algumas gotas mancharam a toalha branquíssima da mesa, o desconforto dele aumenta. Nada diz, talvez por isso Alice tagarela, indo de um assunto a outro.

Alfredo toma um gole, dois e, por fim, pergunta: por que você atravessou a rua pisando apenas nas faixas brancas? Por nada, ela diz, apenas para me divertir. Ele parece não entender, ou não dar importância, pousa a xícara e desaba sobre a mesa, a cabeça pousada sobre os braços, soluça. Alice o observa por instantes, depois abraça seus ombros, comovida com os gemidos profundos de grande dor, e compreende que as palavras são inúteis.

Espera que ele se acalme e lhe entrega um guardanapo com que Alfredo enxuga o rosto e assoa o nariz. Alice faz com que se levante e o leva até o quarto com a delicadeza de quem conduz um cego. Puxa a colcha da cama, afofa o travesseiro. Ele se deita de lado, os braços entre as pernas encolhidas, e adormece.

No carro que Alfredo havia abandonado a poucas quadras do apartamento de Alice, o telefone celular toca pela trigésima terceira vez. Do velório, os filhos procuram desesperadamente por ele, até que não podem aguardar mais. Autorizam o padre a fazer a última oração, dão um beijo na testa fria e pálida da mãe e liberam o sepultamento.

Naftalina

Theo quis se aproximar da Morte várias vezes, mas recuou em todas elas. Além das dificuldades que encontrou, tinha muitas dúvidas sobre como seria recebido. Desde que nascera sentia-se ignorado.

Ser homem na família Botelho era prenúncio de pouca sorte. Theo vivia em permanente desvantagem no meio de cinco mulheres, quatro delas viúvas, da bisavó à própria mãe, incluindo Santinha, que ajudava a cuidar do casarão onde moravam. A quinta era sua irmã mais velha, Mariinha, ainda solteira, cujos talentos formidáveis lançaram sobre ele uma sombra gigantesca, sentenciando-o ao esquecimento.

O primeiro contato físico entre Theo e a Morte se deu diante do corpo da bisavó estirado sobre a mesa da sala de jantar entre quatro velas. A Morte a levou, Santinha dissera, embora o corpo estivesse ali, bem em frente a ele, o que o deixou confuso. Depois de muita reza, a bisavó foi mesmo levada e o menino procurou pela Morte entre os que carregaram o caixão, mas foi incapaz de se decidir. Todos eram homens. Continuou confuso, certo de que a Morte seria uma mulher.

Por três gerações seguidas, as mulheres Botelho — bisavó, a avó Guilhermina e Ana Maria, sua mãe — e mesmo Santinha, também viúva —, vinham sustentando o orgulho da sua viuvez como se empunhassem um estandarte. Os homens se iam, cada um a seu tempo, levados de formas variadas, e não havia o que elas pudessem fazer a respeito a não ser seguir em frente com seus destinos de mulheres sós. Essa fatalidade as tornara resolutas, prontas a suportar todo tipo de desafios, inclusive aqueles que, por necessidade ou condição, se destinavam apenas aos homens. Com o passar dos anos, não havia o que uma Botelho não resolvesse.

A sina se iniciara com a bisavó ao enviuvar muito jovem, herdando o respeito e a fortuna do marido, tabelião da cidade. Criou a filha Guilhermina nos rigores da religião e dos bons costumes, mãe e pai que foi da pequena órfã. Enquanto a filha crescia dedicada aos estudos, às leituras e à arte, sua mãe bordava um enxoval com capricho, para que estivesse pronto tão logo surgisse o candidato adequado. O que se deu na figura do professor de piano da jovem Guilhermina.

Não durou muito, o coitado morreu de infarto na lua-de-mel. Desconfiou-se na ocasião de esforço excessivo para as obrigações maritais, dado um problema cardíaco insuspeito até então. Bem mais velho que a mulher, correu à boca pequena que seu estado havia se agravado mesmo antes, pelo arrebatamento com que se davam as lições na mansão das Botelho. Brahms, Beethoven e Schubert se sucediam em acordes cada vez mais intensos, finalizando com um Chopin romântico nas aulas que aconteciam na sala de música, local resguardado para que se dessem da melhor forma. Como de fato se deram, embora não exatamente como deveriam.

A verdade é que Guilhermina e o piano nunca se entenderam tão bem quanto se entenderam Guilhermina e o ex-professor e marido. A morte prematura, no entanto, não havia sido em vão: restou à recém-viúva a semente de uma gravidez, Ana Maria, que se transformou num primor de moça. Logo se apresentou com dotes para a costura. Guilhermina tratou de incentivá-la, transformando a antiga sala de música num ateliê, temendo que Ana Maria se descobrisse também inclinada ao piano, perdição materna, no final das contas.

Theobaldo Júnior viera de surpresa temporã ao lar das Botelho e não chegou a conhecer Theobaldo pai, com quem Ana Maria havia se casado. Como os demais homens da família, cedo se despediu do mundo antes que o filho a este viesse.

Aos olhos de Guilhermina, Theobaldo era o candidato perfeito para se casar com sua filha, um engenheiro de obras, sem nenhum interesse artístico ou musical, homem de números e afeito a cálculos, embora tenha calculado mal a estrutura da marquise que esmagou seu corpo às vésperas do nascimento de Theo.

Os fatos quase coincidentes de morte de um Theobaldo e nascimento de outro encerraram por algum tempo a linhagem da família até que Mariinha entrasse em fase de namorar. Era certo que as viúvas haviam se excedido nos mimos da sua educação. Nenhum candidato estava à sua altura. Até que a bisavó decretou que enquanto uma Botelho ostentava com a altivez dos não desiludidos, a sua condição de viúva, a de solteirona jamais!

Com isso, Mariinha diminuiu o rigor dos critérios e acabou por aceitar os galanteios de Manuel

— com gosto, aliás, já que se tratava de moço muito bem-apessoado. O noivo, acostumado ao trabalho duro de assar pães na fornalha da padaria, não deu tratos à fama de má sorte dos homens que agregavam seus sobrenomes ao das Botelho e seguiu em frente, apaixonado pela beleza e qualidades de Mariinha na sala, mesa e, como constatou mais tarde, especialmente na cama.

Foi depois do casamento de Mariinha que a bisavó deu por encerrada sua missão na terra e faleceu candidamente ao adormecer para nunca mais.

A partir daquele primeiro contato com a Morte, a defunta sobre a mesa entre quatro velas, Theo, com doze anos bem vividos, percebendo seu futuro comprometido, macho que era, achou por bem investigar por que a Morte escolhia os homens da família e preservava as mulheres. Considerou que, se desvendasse como seus bisavô, avô e pai haviam sido levados tão prematuramente, haveria de ter controle sobre o seu próprio fim. Poderia ser capaz de mandar na Morte em vez de ser mandado por ela. Precisava experimentar as formas.

Começou pelo bisavô e para isso usou dos preciosos conhecimentos de Santinha, dos seus olhos e ouvidos atentos e da sua memória afiada. Vivia atrás dela perguntando uma coisa aqui outra acolá a juntar informações. A essa altura, já tinha idade para imaginar a Morte como a figura vista nos livros: sem rosto, de capa e capuz pretos. Imponente. Não lhe causava medo, mas respeito.

— Santinha, como morreu o bisavô?

— Deixa de ser atrevido, seu coisinha — foi a resposta seguida de um safanão —, isso lá é coisa pra tá na boca de tu?

O menino levou dias matutando sobre aquilo, como assim? Tinha sido apenas uma pergunta. Só havia um jeito de saber ao certo: atazanar Santinha dia e noite.

— Foi doença de homem, moleque, começou lá embaixo e foi subindo pros miolos do coitado.

Pelos gestos que ela fez em direção a certa área do corpo, Theo sentiu um calafrio e desistiu do seu intento.

O caso do avô professor de piano não foi diferente e trouxe muitas dúvidas. Morreu de excessos, falou Santinha. Seria excesso de comida, de bebida? De amor, informou ela, e mais não disse. Para Theo, que se sentia pouco amado, como haveria de experimentar o excesso de amor? Inviável se confrontar com a Morte por esse ângulo.

Suas pretensões, portanto, voltaram à estaca zero. Ateve-se a averiguar o acidente fatal com Theobaldo pai, sua última esperança. Desastre, disse Santinha, coisa do capeta, do azar, e fez o sinal da cruz. Uma fatalidade, lhe disse a mãe. Insatisfeito, buscou o cunhado Manuel: caíram-lhe uns troços na cabeça, explicou com seu sotaque português. Descobriu com Mariinha que os troços eram os pedaços de uma marquise da loja que o pai vinha construindo. Aí estava! Finalmente, Theo havia descoberto um jeito de abordar a Morte, bastava circular por baixo das marquises da cidade até que seu fim se apresentasse como tinha acontecido com o pai. Não tinha receios. Estava certo de que, conhecedor dos riscos, não seria pego de surpresa e poderia escapar do desastre e, assim, desafiar a Morte como pretendia.

Passou a escolher cuidadosamente os itinerários de ida e volta entre casa e escola, para ir à matinê de sábado ou visitar os colegas, sempre atrás do percurso que fornecesse as melhores possibilidades de que viesse uma marquise desabar sobre ele.

— Qual teria sido sua intenção — perguntaria à maldita — ao levar deste mundo na flor da idade o meu bisavô, meu avô e pai, deixando as mulheres da família sem a proteção de um braço masculino? É uma covardia da vossa parte jogar no mundo crianças órfãs, sem que chegassem a conhecer os ensinamentos de um pai austero, porém amoroso. Pois trate de me excluir dessas suas vontades, que tenho muito a fazer neste mundo.

Não nas palavras solenes, mas no teor, o discurso seria mais ou menos esse, incluindo o vossa, jeito respeitoso, já que com a Morte não se brinca. O destino, porém, não deu trégua às Botelho, e, antes que Theo fosse feliz em confrontar a Morte, ela se antecipou e fez explodir o forno da padaria onde trabalhava o marido de Mariinha, Manuel, mandando para os ares o pobre coitado.

Se a hora chega para todos, não seria aquela a de Theo, já que no exato momento da explosão passava na calçada do outro lado da rua, espezinhando a Morte com seus passeios sob marquises. Jogado contra um muro, sobreviveu à violência do impacto com ligeiras esfoladuras.

O acidente foi um recado definitivo: a Morte escarnece dos afoitos que buscam por ela apenas para confrontá-la. Theo, um menino, naturalmente não pensou nesses termos, mas alguma coisa lhe disse para evitar conhecer as circunstâncias misteriosas que definem o começo e o fim de cada um.

Do acontecido restou a Theo a confirmação: continuava sendo ignorado em meio à família e ao seu destino de homem entre os Botelho. Nem a Morte o queria.

Restou também um cheiro de fumaça nas roupas usadas naquele dia, apesar das sucessivas lavagens de Santinha. Theo se recusou a jogá-las fora e fez delas um fetiche e um amuleto por toda a sua longa vida de solteiro. Achou por bem evitar o casamento e, com isso, evitar filhos, fora ou dentro dele. Quando os sentidos desgastados pelo tempo já não lhe permitiam mais aspirar o cheiro da Morte na roupa guardada, Theo se entregou a ela candidamente, pondo um fim à descendência dos Botelho.

Em coma

Leonor, minha linda, te digo, estou cercado de fantasmas. Eles entram e saem do quarto em silêncio, pisam leve, quase flutuam. Se falam, é baixinho, preferem gesticular uns para os outros, como se a essa altura fosse possível me acordar. Ainda bem que tu não me vê assim, estendido na cama, nu, branquelo e encarquilhado, tubo que entra, tubo que sai, um velho a ser espetado, cutucado, virado, desvendado em todos os ângulos sem nenhum pudor, onde só tu, minha nega, pôs teus olhinhos e mãos e boca e língua, me mandando pros céus antes da hora — pra onde irei muito em breve, é o que parece.Tu ia rir da minha bunda, Leonor, nunca tão limpa e perfumada como agora, tu que nem ligava e se jogava por cima de mim numa doidice, se esfregando e gemendo até quase perder os sentidos e me deixando sem saber o que fazer pra te ver mais louca ainda, uivando num cio de estremecer. Hoje veio uma mocinha aqui, gentil, tadinha, pegando no meu pau como se fosse um bebezinho, me enchendo de espuminhas e talquinhos. Ah, se ela soubesse, minha flor, no que esse bebezinho se transformava quando te via volumosa, só curvas e exageros, me atiçando com uns rebolados em tardes quentes, cheirosas de desejos, molhadas de tudo, até quando tu sangrava. Por que não tive uma cama só pra ti, minha nega? Por que não fizemos uns bacurizinhos de olho azul e cabelo pixaim, pra mamar nas tuas tetas já tão fartas para o amor, que dirá pros filhotes? Tu me enlouqueceu, Leonor, essa é que é a verdade, e eu nem pensava direito, desde aquela tarde em que te vi na caixa da padaria folheando a revista, tu lembra, meu tesouro? Escolhendo teu sapato de noiva, vermelho, um salto lá nas alturas pra te botar mais estandarte do que tu já era, e eu perguntando e o vestido, como é? Tu dizendo branco e eu: lindo! Já pensando quem seria o sortudo a levar esse troféu moreno, brilhoso, carnudo e me roendo de inveja desde aquela hora. Boa gente, o teu Carlinhos, te tratava bem, trabalhador, o moço, mas minguado, manso demais pra toda essa substância tormentosa que tu era, descobri logo. Acho que ele morreu, Leonor, porque não suportou tamanha exuberância dos sentidos. Quando tu recebeu essa notícia e desmaiou, fui eu que te amparei, te apertei, te carreguei pra dentro com tuas lágrimas e desespero, só de olho nos teus peitos, quase saltando pra fora do decote de tanta tristeza soluçada. Por que não larguei tudo, meu chuchu, pra ficar de papo pro ar só pra ti? Só pra te ver tão bonitona e me regalar e sentir meu pau crescendo só de te olhar de costas apoiada na janela de conversa fiada com quem passava na rua, dando risada e se sacudindo, e levantando a perna, dobrando e encaixando na outra, que nem uma ave pernalta, a saia subindo e tu puxando mais pra cima ainda pra ficar mais confortável e eu enxergando a calcinha e dando um pulo da cama de ver aquilo tudo e já arriando as calças e te catando por detrás e te encoxando na janela, e ali, na frente de todo mundo sem ninguém ver a safadeza, fingindo que só te abraçava, e conversando também, me fazendo de atento e sério, mas enfiando a mão na tua xoxota melada e tu me pegando também e a gente se roçando e desculpa gente, o telefone tocando, licença, até já, e se rolando no chão pra daí gozar gostoso e muito, no ladrilho frio da cozinha. Onde eu estava com a cabeça, minha formosura, que não te tive só pra mim e me esqueci do resto todo? Dos compromissos com a família, com os negócios, posição e feitos, confortos, propriedades e com a puta que pariu? Minha riqueza era tu, Leonor, mas este teu branquelo não soube te querer no tanto que te quis. Pensei que era pra sempre aquela risada gostosa quando eu entrava na tua casa e tu feliz de ver que eu voltava, feliz, sim, cada vez que eu voltava, dava pra te ver que nem criança. E eu louco com todo aquele alvoroço de carnes me esperando. Pensei que era pra sempre que eu ia ouvir teus gemidos quando a gente se enroscava nos abraços, se acarinhava entre os pelos, quando eu enfiava o nariz no teu cangote, naquela bunda de lua negra, que mais luz e sabor não podia ter pra eu morder e apertar, aqueles seus tremores de prazer por causa da vontade com que eu te queria. Tua boca aberta, teu gozar sereno e forte, se contorcendo toda por dentro, daquele jeito maluco que só tu fazia, estrangulando e soltando o meu pau, feito sucuri que engole passarinho, abocanhando aos poucos pra comer melhor, só relaxando dessa apertura toda quando pedia força nas estocadas, e aí pegando no meu rosto, olhando bem no fundo de mim pra ter certeza de que eu estava ali contigo, nós dois, um com o outro. Pensei que seria pra sempre, mas me enganei tanto, linda. Te deixei escapulir, te perdi e me perdi. Não te cuidei, essa é a verdade. Não cuidei da gente, tu e eu, Leonor. Morri também quando tu morreu, mas ninguém nunca soube disso, era só um homem que envelhecia, perdia viço e vontades, não sabiam que eu me desarranjei da vida porque tu não estava mais nela. Por que aqueles tamancos, minha santa, em dia de chuva? A vida acabou pra ti e pra mim ali na escada que te levou no tombo, tu sabe disso, não sabe? Fiquei sem propósitos, só saudade e uma dor danada nas costelas se lembrava de ti. O que que tu tá fazendo aí, nua, sentada de pernas abertas em cima mim, tu voltou, neguinha? Os fantasmas, Leonor, veja só, estão excitados vendo esse teu corpão cheio de acréscimos subindo e descendo do meu pau duro, como há muito tempo ele não ficava, porque só ficava pra ti. Uma barulheira danada, pecado meu, tamanha confusão no quarto, um entra e sai de gente e nós aqui trepando gostoso desse jeito, nem liga pra eles não, que tá bom demais, dá aqueles apertos, minha fia, geme, grita, pede, mas agora vem, se aquieta e me abraça, Leonor, encosta teu peito no meu, se encaixa, lindinha, isso, descansa, meu bem, chega a tua boca bem perto do meu ouvido e me chama de meu amor.

O Rainha

O detalhe é que o Rainha nunca usou sapatos. Tinha os dedos dos pés espalhados, como de um pato, a pele grossa e escura feito couro. Eu ficava fascinado com os pés do Rainha, me causavam repulsa e atração em igual medida, tanto quanto me encantavam as delicadas embarcações que ele construía dentro de garrafas.

Sua relação com barcos era antiga. Havia trabalhado como estivador no porto onde se viam, além dos navios mercantes, inúmeras embarcações militares do arsenal de marinha logo ao lado. Rainha era forte como um touro, ombros largos sempre à mostra, tinha sido empregado de uma firma alemã que exportava café, carregava os sacos como se levasse uma criança nas costas. No começo da Segunda Guerra a empresa foi extinta e os empregados indenizados. Desde então, o Rainha estava sempre no seu posto à porta de casa, como na vigia de um barco, ocupado em fabricar suas maravilhas.

Tinha três filhas, Dulce, Dayse e Dalva, as duas primeiras solteiras. Eu dividia a carteira da escola com Glorinha, filha de Dalva, e voltávamos juntos para casa. Glorinha entrava e eu ficava agachado em frente ao Rainha até escurecer. Peguei o hábito de parar todos os dias assombrado pelos seus pés, mas também com a habilidade e a delicadeza com que montava os navios.

Embora respondesse aos cumprimentos, Rainha parecia indiferente a quem passava ou ao que acontecia à sua volta. Mas não era possível ficar tão indiferente, já que ocupava aquele posto privilegiado. Vez ou outra, sem tirar os olhos do que fazia, ele dizia coisas como: Abra a porta ao que te interessa; feche ao que te incomoda, coisas assim. Minha impressão era de que falava para si mesmo, que me ignorava, mas talvez não, talvez se dirigisse a mim ou a alguém que havia passado na calçada.

Por estar ali todos os dias, eu me tornara não só um espectador da arte em construir barcos dentro de garrafas, como também dos desentendimentos da família do Rainha e do que acontecia na vizinhança. Não havia como ter segredos por ali.

Morávamos próximos ao porto, no centro da cidade, as casas pegadas umas nas outras, porta com porta, janelas contíguas. A proximidade era tamanha que ficava difícil não saber o que se passava nos vizinhos, de comemorações a confrontos. Em geral, isso levava a uma intimidade descuidada, as pessoas se ocupavam das vidas umas das outras, fosse por afeição ou por antipatia, o que era mais raro. Se acontecia alguma coisa, todos ficavam atentos ao desenrolar dos fatos, tomando partido nas brigas passionais, compartilhando das dificuldades com as dívidas, das desavenças entre este ou aquele. Uma vez conciliada uma questão, o alívio era curto, logo outra se insinuava, às vezes mais de uma, alimentando a rede de assuntos que municiava a vizinhança.

Algumas famílias despertavam mais rumores que outras, como era o caso da família do Rainha. A minha era contida pelos pudores de mamãe, que costumava chamar a atenção quando os ânimos se exaltavam. Os vizinhos, os vizinhos, sussurrava para que abaixássemos o tom. Como caçula, eu tratava de cair fora numa hora dessas, para me livrar dos cascudos que sempre sobram para o mais fraco.

 Papai havia morrido deixando nove filhos das mais variadas idades. Mamãe agia como guardiã máxima dos interesses e propósitos familiares, com rigor e disciplina. Não fosse assim, a nau afundaria, já que dentre os nove havia de tudo. Dois dos meus irmãos mais velhos tinham sido empregados da mesma firma alemã onde havia trabalhado o Rainha. Um deles entregou nas mãos de mamãe os valores da indenização, enquanto o outro gastou tudo nas corridas de cavalos e com vedetes dos teatros de revista.

 Com poucas exceções, as famílias do bairro eram grandes. Os casamentos agregavam mais e mais gente numa mesma casa, o que propiciava os desajustes e as altercações.

 Foi o caso de Ernesto ao se casar com Dalva. Rainha, com sua ausência e silêncio, deu espaço para que o genro se achasse o dono do pedaço. Qualquer desavença passava necessariamente por Ernesto, de temperamento explosivo e implicante. Gostava de falar alto e de distribuir ordens à mulher e às cunhadas, que reagiam na mesma medida. Rainha não saía do seu banquinho na calçada enquanto a confusão rolava, com dona Adélia, a matriarca, a querer controlar os punhos de Ernesto, ainda que eu nunca tivesse visto usá-los, faziam só parte da cena.

 Era numa hora como essa que eu ouvia o Rainha dizer como quem não quer nada: Desconfie dos heróis que se envaidecem dos seus feitos.

Dona Lili, mãe de dona Adélia, passava o dia na cadeira de balanço e não se abalava com xingamentos e portas batendo, surda que era — não posso garantir se de fato ou se por conveniência. Nunca vi dona Lili que não fosse sentada naquela cadeira feito um caramujo atrelado à casa. Por alguma razão, talvez vergonha mesmo, Ernesto evitava se exaltar perto de dona Lili, que olhava para aquela gesticulação toda com um sorriso cândido, como se estivesse aprovando a encenação, incapaz que era de escutar os impropérios. Com o tempo, percebi que o jeito de acabar com uma briga consistia em levar Ernesto para perto de dona Lili, o que Dalva fazia com frequência.

Aquilo tudo me espantava e me atraía, as brigas, os pés do Rainha, a sua diligência com as peças pequeninas e frágeis, a mão calosa de tanto alisar a madeira antes de cortá-la, como se pedisse desculpas pelo talho a ser feito. Acabei me tornando uma espécie de auxiliar do Rainha, separava a madeira, os fios que amarravam as pequenas velas das caravelas ou procurava pela pinça se caía no chão. Não trocávamos palavra, mas eu entendia o que precisava ser feito. Certa vez ele me apontou o caixote de garrafas e entendi que deveria lavá-las. Senti como se fosse um prêmio, uma promoção. Se for atravessar um abismo, faça-o com exuberância, disse o Rainha. Entendi que era para lavar muito bem as garrafas.

Ernesto viu seu reinado ser afetado com a chegada de Alvarenga, o pretendente de Dayse. Foi na época das férias escolares, mas mesmo nas férias eu ia diariamente acompanhar o trabalho do Rainha. Logo percebi que, diante da nova situação, Ernesto recuara, como se faz no jogo para entender a estratégia do time adversário. Parecia aguardar o momento certo de voltar a se impor. Entre uma coisa e outra, o noivado se deu. O amor é como um bom livro, se não ensina, engana, lembro que o Rainha falou assim na ocasião.

Alvarenga era fiscal de rendas e chegava para o namoro de terno e gravata, os sapatos engraxados. Tinha um fino bigode bem aparado e cheirava a tabaco e a loção de barbear. Cumprimentava o Rainha, que não se dava ao trabalho de responder, passando por mim sem me dar importância. Às vezes trazia flores para as mulheres da casa, em outras, um saquinho de balas de doce de leite para Glorinha. Eu salivava só de ver, mas Glorinha nunca me deu uma sequer nem para experimentar.

Não parecia que Dayse estivesse exatamente empolgada com o namoro. Muitas vezes vi dona Adélia fazendo sala para o Alvarenga depois que Dayse dava a desculpa de ir à cozinha preparar alguma coisa. Alvarenga parecia mais namorado da sogra, de tanto que ficavam juntos na sala mais dona Lili, que sorria e assentia com a cabeça, a concordar com tudo e todos. Ernesto entrava e saía, com jeito de investigador. O verdadeiro rebelde é o desencontrado, foi uma de tantas expressões do Rainha ao ver o genro rondando a sala.

Ernesto tinha um irmão, o Zica, truculento de corpo como Ernesto, mas de temperamento oposto, um sujeito caladão, mais parecia filho do Rainha do que de qualquer outro. Zica era praticamente o rei do bairro, dono dos bares, da padaria, do salão de sinuca, da banca de jornais.

Por estar na boca do cais, o bairro fervia com uma população itinerante de marinheiros e turistas. Era o principal alvo dos negócios do Zica, gente que circulava ávida por terra firme e diversão.

Em todas as famílias havia sempre alguém que trabalhava para o Zica, que protegia seus negócios protegendo seus empregados, cuidado estendido aos familiares. Desfrutava da lealdade do bairro e nunca se soube de nada que desabonasse o seu caráter ou de algum traço perverso na sua história. Almas nobres não querem receber nada de graça — uma vez ouvi o Rainha sussurrar algo assim, a propósito das façanhas do Zica. Mas o fato era que, para todos e diante de tudo, Zica era deus, com letras minúsculas em respeito à forte devoção da comunidade católica do bairro, mas se tratava de um deus, sem dúvida, apaziguava as desavenças, resolvia os entraves fosse qual fosse a sua extensão.

A mulher do seu Alon do armarinho morreu dormindo, mas ele só percebeu que algo estava errado quando ela não desceu para a loja hora nenhuma. Seu Alon subiu ao quarto, estranhou que a mulher ainda estivesse deitada, tocou nela e sentiu que estava fria, gelada. Foi tomado por um estado de grande loucura, desceu ao armarinho, jogou as prateleiras abaixo, espalhou no chão o conteúdo das gavetas, desmantelou vitrines. Foram buscar o Zica. Depois de acalmar seu Alon, Zica chamou a ambulância e providenciou tudo, cuidou do enterro, de mandar escrever para os parentes na Polônia, além de recuperar o armarinho e pôr as coisas em ordem. Assim era o Zica. Passado um tempo, seu Alon se casou com a mocinha que ajudava na loja e tudo ficou mais do que bem.

Por essas e outras, a fama do Zica só fazia crescer. Todo mundo soube da briga entre um cliente do bar e um garçom. O homem havia bebido bastante e desconfiou que o rapaz havia roubado no troco. Quebrou na mesa uma garrafa vazia e avançou sobre ele. Zica ouviu a gritaria e chegou ao salão a tempo de evitar o pior, segurando o sujeito pelos braços. Quem apostou que o Zica chamaria a polícia se enganou. Levou o homem para casa, falou com a mulher dele e tal. Não perdeu o cliente nem o empregado.

Um mito, o Zica. Solteirão, se dedicava apenas aos negócios, o que incluía ser a salvaguarda da comunidade. Houve apenas um momento em que o comportamento do Zica saiu do seu habitual, para espanto de todo mundo.

Dayse ia se casar com o Alvarenga num sábado às seis da tarde na paróquia do bairro. A noiva andava nervosa, chorava pelos cantos, gritava com a mãe e as irmãs. Normal, diziam, mas o Rainha saiu-se com esta: A mulher é um esconderijo que não se deixa revelar, assim como a verdade.

Verdade ou não, os humores de Dayse foram tratados como coisa menor. A família foi convocada para preparar enfeites e quitutes, o bolo contratado na padaria, a do Zica, naturalmente, onde, aliás, na véspera se assou o leitão. Um barril de cerveja foi instalado no quintal, com muita serragem em volta e uma pedra de gelo sobre ele.

Rainha avisou que não iria, como não havia comparecido também ao casamento de Dalva. Calçar sapatos estava fora de qualquer cogitação e, tendo dito, não foi mesmo e ninguém insistiu. Ficou em casa a fazer companhia para dona Lili. Coube a mim relatar a ele o acontecido.

    Na igreja, me instalei com Glorinha no banco da frente e acompanhei bem de perto o que se passou. Alvarenga já estava no altar, o cabelo alisado, um cravo branco na lapela. O som do órgão invadiu o local quando Ernesto muito compenetrado entrou com a noiva. Dayse tinha um véu a lhe cobrir o rosto, rosas brancas no buquê. Vi que dona Adélia chorava discretamente e que Alvarenga tremeu ao estender a mão à noiva, não sei se de nervoso mesmo ou pela cara de poucos amigos do Ernesto.

    A cerimônia começou e tudo parecia transcorrer como em qualquer outro casamento, não fosse pela súbita entrada do Zica na igreja. Com a atenção voltada para os noivos, foi aos poucos que os convidados se aperceberam da intromissão decidida de Zica a avançar pela nave e, em seguida, subir os três degraus do altar, catar Dayse pela mão e sair com ela da igreja de buquê e tudo, sem resistência de quem quer que fosse. Um vácuo de segundos se fez até que o noivo, convidados e mesmo o celebrante se dessem conta de que a noiva havia sido sequestrada à vista de todos. Aparentemente, com a anuência da própria.

    Diante do tumulto que se formou, fui incapaz de afirmar ao Rainha quem desmaiou primeiro, se o Alvarenga ou se a dona Amélia, embora tivesse me parecido que para o Rainha tanto fazia como tanto fez, mas não deixou de comentar: A volúpia não é para os fracos.

    Passado o assombro, o passo seguinte e quase imediato foi decidir que destino dar aos quitutes, bolo, cerveja no barril e ao leitão assado na padaria do sequestrador. O que fazer com a festa de casamento se casamento não houve? Frustrados por um, frustrados seriam por um e meio. A vizinhança em peso decidiu por desfrutar da festa bem regada a comes e bebes, e assim se deu madrugada afora, o Rainha sentado num canto, a cochilar, e o Alvarenga se deixando consolar pelas moças.

Ninguém até então havia desconfiado que existia alguma coisa entre Dayse e Zica e, se havia, a razão do segredo. Também ninguém soube por um bom tempo o que aconteceu após o sequestro. Comentou-se de tudo, mas, apesar do inusitado do fato, o Zica era o Zica, e dava para sentir que, no fundo, a família do Rainha se gabava do acontecido, ainda que a virtude de Dayse estivesse em aberto. Aquele triunfalismo velado não atingia o Rainha nem a dona Lili, naturalmente, embora o Rainha tenha me dito naqueles dias, pela primeira vez olhando nos meus olhos e uma das mãos no meu ombro: Meu filho, o destino é uma circunstância. Se não entendi na ocasião, não entendo agora também, passados tantos anos.

O casal reapareceu depois de uns dias e Dayse se instalou na casa do Zica, no andar de cima de um dos seus bares.

Eu estava lá com o Rainha quando Dayse reapareceu. Surgiu na esquina da rua, toda arrumada vestida de preto dos pés à cabeça, sapatos, meias, chapéu, elegantíssima. Só a boca reluzia de batom vermelho. Fiquei tão impressionado com aquela aparição que tive pesadelos frequentes depois disso, Dayse surgindo do nada, a boca vermelha, não de batom, mas de sangue.

Foi um Deus nos acuda naquela casa, até o Rainha tomou uma atitude, levantou do banquinho e respondeu quando Dayse disse a bênção, pai, e ele, Deus te abençoe, filha, e voltou a se sentar, mas percebi a testa franzida de um pensamento que o incomodava. Não demorou muito e murmurou, sobrancelhas erguidas: A ignorância humana é uma fenda assustadoramente profunda.

Dayse trazia um embrulho grande que pousou com cuidado sobre a mesa. Fui entrando atrás dela como quem não quer nada e vi Dona Adélia parada na porta da cozinha, as duas mãos segurando o rosto. Filha!, disse. Glorinha foi a primeira a chegar na sala, seguida da mãe e da tia vindas de não sei onde. A Providência cuidou para que Ernesto não estivesse em casa ou então o salseiro seria maior do que foi. Houve gritos, choros, abraços, nada fora do habitual naquela família, incluindo o sorriso da dona Lili.

Dayse apontou o embrulho — o vestido de noiva. Se ela tivesse dito é um cacto venenoso teria tido o mesmo efeito: as mulheres olharam para o pacote, olharam uma para a outra, mas ninguém se mexeu ou tocou nele. Dona Adélia desfez o mal-estar ao sugerir que fossem até a cozinha para um café. Fui atrás, mas me enxotaram.

A aparição de Dayse deu no que falar por um bom tempo, mas todos, sem exceção, aclamaram o feito e abençoaram o novo casal.

Depois disso, como tudo no bairro, os fatos se acomodaram e ninguém mais se lembrava do Alvarenga ou do sequestro, embora ainda se comentasse da fartura da festa, e o Zica continuasse a envergar seu posto de comandante em chefe, plácido e comedido. Dayse visitava os pais regularmente, sempre muito elegante e sempre de preto, com aquele batom vermelho.

Foi Dulce adoecer para que o Zica assumisse definitivamente seu papel naquela família onde entrara sem aviso. Tísica, cochicharam. Fui perguntar em casa o que queria dizer a doença de Dulce e levei um safanão, não era coisa que um fedelho como eu devia ficar falando por aí. Concluí que era grave pelo comportamento do Rainha, estava mais lento, impaciente, chegou a quebrar uma garrafa. Houve uma tarde em que desistiu de montar um barco e recostou na parede, o olhar distante. A verdade tem um tempo para acontecer, acho que foi isso que ele disse, mas falou tão baixo que não tenho certeza.

Zica arrumou de internar Dulce num sanatório, mas ela não chegou a um mês, morreu, e nem tinha vinte anos. Foi enterrada com o vestido de noiva da irmã, Dayse. Vi o Rainha subindo a ladeira na volta do cemitério, vinha descalço, com um par de botas suspenso nos ombros pelos cadarços.

A vida como ela era

Rio de Janeiro, anos 1950

Virgínia veio da cozinha com a travessa do assado quente. Ao se inclinar sobre a mesa, sentiu o olhar do cunhado no decote. Nélson estava sentado bem à sua frente, e foi como se ela — num corte de tempo e espaço, o silêncio absoluto — ofertasse a comida somente a ele, ignorando o restante da família presente.

O que a tocou não foi exatamente a violação do decote, mas o instante seguinte, o milésimo de segundo em que ergueu a cabeça e seu olhar encontrou o dele. Foi quando romperam um laço e ataram outro — este, estrangulado, com as pontas pendentes e soltas, que pediam outros múltiplos laços, cada vez mais apertados, menores, uma trança confusa e torta.

O vapor da travessa funcionou como desculpa para seu rosto subitamente corado, razão de ser das pequenas gotículas sobre os lábios, da aflição por sair da sala em busca de um não sei o quê na cozinha. Ali se acalmou, molhou o rosto e o pescoço na pia, tomou um pouco de água, ouviu a família chamando por ela, mas soube, antes de voltar à sala, que não haveria retorno naquela paixão.

Desde que os pais decidiram que Virgínia, aos quinze anos, se mudaria de Petrópolis para morar com uma tia no Rio de Janeiro, foi difícil esconder a furiosa sensação de liberdade que passou a acudi-la na expectativa da mudança. Preparava-se, ensaiando fantasias diante do espelho, dividida sobre o jeito com que deveria chegar à escola nova: com ares de acanhada e carente, para ganhar a simpatia dos colegas, ou altiva e misteriosa, para intimidá-los e despertar a curiosidade. Foi tímida com os afoitos e afoita com os tímidos, o que fez dela o alvo preferido dos garotos mais atrevidos e das meninas menos seguras.

Morar no Rio com a tia solteirona, porém, não correspondeu com exatidão ao que Virgínia esperava viver na cidade grande e tão cheia de atrativos. Havia horários a cumprir, companhias sobre quem prestar contas, além de fazer sala para as amigas de Matilde que vinham de visita no final da tarde dos sábados, um horário bem inconveniente para uma jovem ávida a montar sua agenda do fim de semana.

Quem a salvou das indecisões sobre si mesma e sobre seu destino foi Roberto, alto, grande e lindo no seu uniforme de fuzileiro naval. Apaixonou-se imediatamente, como não poderia?

— Que mulher interessante é você — disse ele, sussurrando no seu ouvido, quando dançavam.

Mulher? Sou uma menina, pensou ela.

Não era. Estava assustada, empolgada e pronta.

Na semana seguinte, passou noites sonhando com as mãos de Roberto na sua cintura e quase desmaiou quando recebeu um telefonema dele no sábado, tendo ao fundo as risadinhas das amigas de tia.

Da gravidez precoce ao casamento foi um pulo. Havia uma paixão ardente, surpresas, descobertas incontroláveis que, afinal, cobriram Virgínia com um véu de noiva experiente e, de certa forma, trágica. Por parte dos seus pais, houve choros e decepções, promessas de repúdio e isolamento, que naturalmente não se cumpriram. Quanto aos sogros, não havia como despistar a desconfiança sobre as virtudes de Virgínia, aparentemente entregue sem escrúpulos ao primeiro namorado. Mas não havia como ignorar as circunstâncias ou voltar atrás e Virgínia foi apresentada à família de Roberto sob um clima de fatalidade já nas vésperas de se tornar um membro permanente.

Então, conheceu Nélson, o irmão caçula do futuro marido. Identificou nele um olhar de malícia que a perturbou e grafou nela um presságio de dores e prazeres.

Esse olhar a acompanhou nos anos seguintes, na valsa de casamento, no nascimento do primeiro filho, nas festas familiares. Virgínia e Nélson jamais haviam se tocado além dos cumprimentos protocolares, nunca tiveram uma conversa ou ficaram a sós por qualquer motivo. Os olhares, entretanto, se seguiam, perseguiam, prometiam. Mesmo nos encontros corriqueiros, nas vagas tentativas, quando se esbarravam pelos corredores ou se cruzavam na varanda, depois dos almoços de domingo, estar sendo observada por Nélson produzia efeitos extravagantes, inundando Virgínia de temores inexplicáveis, como se já tivesse cometido o que apenas desejava.

As coisas se acalmaram quando Roberto, oficial de marinha, foi transferido para o Nordeste, afastando o casal da convivência familiar. Com o tempo, Virgínia substituiu a ausência e a saudade daquela excitação pelo dia a dia de um casamento regular, que apagou o susto e as suspeitas sobre si mesma: que espécie de mulher seria, afinal, por desejar o próprio cunhado?

Não imaginou que dois anos depois, de volta ao Rio, o tormento reacendesse com maior ímpeto. Nélson, agora homem-feito, a espiava de forma ainda mais impetuosa e provocativa. Ficou assustada a princípio, mas passou a ansiar por aquele duelo de olhares.

Estranhamente, foi por obra e graça da família, berço impoluto da moral e dos bons costumes, que Virgínia ouviria sua sentença: teria que enfrentar de uma vez por todas aquela inominável paixão. Com Roberto viajando, uma procuração precisaria ser assinada por ela para dar andamento o quanto antes a documentos necessários a uma operação imobiliária. Nélson foi encarregado de levar os papéis para a cunhada, no dia seguinte, pelo meio da manhã.

Virgínia não dormiu naquela noite. Levou os filhos à escola logo cedo, dispensou a cozinheira com a desculpa de que almoçaria fora com as crianças e preparou-se. Meio da manhã, disseram, e a imprecisão das horas era perturbadora. Ia ao espelho de minuto em minuto, penteava os cabelos, ajeitava o vestido nos quadris, retocava o batom e o perfume, circulava pelo apartamento esfregando as mãos uma na outra. Ansiosa demais, chegou a descer à portaria perguntando se alguém a procurara, talvez tivesse se enganado de andar, de porta. Ninguém ainda.

Foi à janela vigiar a calçada e o portão do prédio a tempo de ver Nélson parado na calçada em frente. Seu coração deu um pulo e ela olhou fixamente na direção dele — que a viu. Sem desviar os olhos da cunhada, Nélson deu um primeiro passo para atravessar a rua. A freada estridente não impediu o impacto.

Ao chegar ao local do acidente, Virgínia varou a multidão que já havia cercado o corpo. O taxista, desesperado, gritava que não tivera culpa, o rapaz olhava para cima quando pisou no asfalto.

— Sim — disse ela com estranha calma, ajoelhada junto de Nélson caído de costas. — Sou testemunha de que o moço estava distraído, não viu o carro — explicou pausadamente.

Em seguida, inclinou-se, e com os polegares fechou os olhos dele.

Até o fim

Bem cedo ainda, desce do apartamento com o cachorro, como faz todos os dias. Manhã escura. Atravessa a avenida e caminha com ele pela calçada da praia. O ar está úmido, respinga um pouco, não dá para saber se pela arrebentação das ondas ou se chuvisca, mas não dá importância, basta o ar fresco, a amplidão.

Vem preferindo manhãs como essa, o céu espesso de nuvens, o mar pesado de si mesmo, massa de água densa e escura. Dias ensolarados têm lhe provocado certa agonia, a efervescência e a agitação o deixam cansado.

A caminhada não demora muito, senta num banco de pedra assim que o joelho começa a incomodar. Solta a coleira e libera o cão para que se exercite por perto, ele corre direto para a areia atrás dos pombos que ciscam sabe-se lá o quê. Estamos ambos velhos, meu caro, você e eu, pensa, até onde vamos atrás de pombos?

Considera o que fará em seguida ao voltar para casa. Deveria ter entregado a revisão do livro há dois dias, mas não conseguiu. A lembrança traz certa tensão, perde um pouco da tranquilidade que foi buscar na caminhada.

Anda desse jeito, avesso a finalizar coisas.

Um dia, ensaboou o rosto para fazer a barba e viu que não conseguiria terminar. Dali em diante deixou crescer a barba, é rala e lhe dá um ar doentio, mas não se importa. Também parou de usar o fogão, sentia um aperto no peito na hora de apagar a chama. Descobriu que o micro-ondas é uma grande invenção porque para de funcionar sozinho. Na pia, larga sempre uma xícara por lavar, a televisão fica ligada noite e dia, e em vez de pôr o lixo para fora espera que o zelador venha buscar. Onde foi parar esse cachorro? Ah, está ali. Vem tentando contornar o problema, mas, quando é impossível e se vê obrigado a terminar o que começou, passa mal. Já faz algum tempo que sai do banho sem enxugar o corpo e nunca se veste por inteiro, quando se veste. Apanhou o costume de trabalhar sem roupa, sentado na escrivaninha, o rapaz que entrega a marmita já nem repara se ele abre a porta completamente nu.

Senil, dizem, mas ele sabe que não, apenas não quer concluir o que começa, tem uma sensação ruim de que será a última vez de alguma coisa, qualquer coisa. É como se adiasse o fim.

Chama o moço da barraca e pede um coco. O rapaz já sabe, traz um copo de plástico também, e pega o dinheiro que ele deixa ao seu lado no banco. Evita entregar na mão do rapaz, seria como finalizar o gesto. Toma uns goles, assobia e dá o restante da água ao cachorro.

Hoje desceu sem sapatos. O senhor está descalço, a rua está molhada, avisou o porteiro do prédio, fez que não ouviu. É claro que tem consciência de que choca as pessoas com essas esquisitices, mas isso não lhe traz nenhuma satisfação ou arrependimento, nem o faz voltar atrás. É o que é, com ele mesmo, com as pessoas, com um livro para revisar, segue as normas e não faz concessões. A diferença é que nos últimos tempos vem ditando suas próprias regras.

Cansado de estar naquela maresia, céu e mar uma coisa só sem graça, lamenta não ter trazido o jornal. Quer ir embora, assobia e o cão vem, arrastando a coleira, está com as patas imundas, o corpo cheio de areia. O homem fica nervoso de pensar que talvez tenha que dar um banho no bicho. Também ele tem os pés sujos, mas já montou seu esquema, uma bacia com água na porta da cozinha por onde entra no apartamento, um pano de chão ao lado para pisar e pronto. Só troca a água quando não dá mais.

Avalia o estrago no cachorro, onde será que andou que ficou tão emporcalhado? Fica aborrecido, está diante justo daquilo de que tenta se poupar, uma situação que pede começo, meio e fim. Vai ser obrigado a pôr o bicho no tanque, esfregar e secar, para que não fique se sacudindo pela casa como fazem os cães molhados. Só de imaginar sente o suor escorrer pelas costas, o coração acelera. Seu maior medo é ter uma dessas crises de pânico na rua, dar vexame. Levanta e olha em volta, aflito, como se houvesse ali alguma saída, no mar, na areia. Senta-se novamente e procura se acalmar.

A resposta vem de súbito: e se tomarem banho juntos, ele e o cão, não no tanque, claro, mas no banheiro, e depois deixa o bicho preso no box até que seque por si mesmo?

A solução parece genial e o alívio é imediato.

Fica empolgado, pega na mandíbula do cachorro e fala com ele olho no olho como se fosse uma criança. De tão satisfeito faz uns afagos na cabeça do animal que parece entender o que o homem lhe diz, late várias vezes, abana o rabo. Assim que o dono se levanta, o animal sai em disparada no caminho de casa. O homem grita, espere, mas não é atendido.

O homem não sabe o que aconteceu, um baque no corpo, um voo, e está deitado no asfalto. Não sente nada, apenas um embaraço por não entender o que se passa. Alguém pergunta, qual o seu nome, mas ele não consegue responder... vê o céu esbranquiçado, ouve o mar e o ganido choroso do cão.

Menino-pipa

Soltei a pipa e voamos juntos, eu e ela, pele fina, colorida de laranja e amarelo. Sempre quis ser vento, mas vento não tem forma nem cor, então pensei na pipa.

Quebrei meu cofre para comprar o papel de seda, as varetas e a linha. Meu cofre não é de porquinho como são os cofres que dão para as crianças. O meu é uma bola de louça imitando a Terra, com continentes coloridos e oceanos azuis. Bem no Polo Norte tem uma abertura para enfiar moedas. Então quebrei o cofre, joguei no chão e me senti Deus, foi uma sensação muito boa.

Pedi à minha irmã Dulce para ir à papelaria do seu Custódio comprar com as moedas o que eu precisava para fazer a pipa. Não é toda hora que posso sair de casa, desde que começou aquela dor na perna.

Dulce me ajudou a contar as moedas, porque eram muitas e ela sabe contar melhor do que eu. Descobri que estava rico! É incrível como se pode ficar rico assim, de uma hora para outra, quando se quebra um cofrinho. Minha irmã disse que o papel e tudo mais para fazer a pipa não iam custar tanto, e ela mesma lembrou da cola que eu tinha esquecido, daí só levou uma parte. O que sobrou será seu, prometi, para você usar como quiser porque não vai me fazer falta nenhuma depois que eu soltar a pipa.

Aprendi a fazer pipa no almanaque do meu pai. Tinham colocado um aparelho de televisão no meu quarto, mas eu ficava zonzo com as imagens e o brilho. Papai me trouxe um almanaque de quando ele era criança. Aprendi a fazer muita coisa legal com o almanaque, mas, no fim, só vou ter tempo mesmo de montar a pipa.

Não é tão fácil cortar o papel de seda, porque é muito fininho. Pedi, e mamãe cortou pra mim, mas consegui montar a armação de varetas. Depois, mamãe e eu colamos as partes laranja e amarela do papel na armação.

Ainda bem que Dulce lembrou da rabiola. Como pude esquecer logo da rabiola, a alegria da pipa? Foi a melhor parte. Papai me tirou da cama, me pegou no colo e nos sentamos em torno da mesa de jantar, ele, mamãe, Dulce e eu. Há muito tempo eu não me sentava ali, no entanto, que pena, não aguentei muito, fiquei cansado e papai me levou para a cama de novo, mas a rabiola estava quase pronta.

Empinei a pipa de manhã bem cedo, ventava, dia perfeito, que sorte eu tive!

Fui vento, pipa, rabiola, fui laranja e amarelo, azul e branco, fui rosa quase vermelho no final do dia. Depois de tudo papai, mamãe e Dulce voltaram para casa.

Última cena

A questão é: você se poupa durante todo o tempo, porque pensa que assim é possível se livrar das decepções, e então a vida de repente lhe oferece uma brecha, e você entende que deve se lançar por ela, e cai num abismo, e durante a queda tem a esperança de que no final não se quebre por inteiro, ao contrário, você vai levantar e caminhar com altivez, ainda que não saiba onde está ou em que direção deva ir, mas está livre. Ou não. Talvez a morte seja a única possibilidade para uma queda assim.

Há tempos tento lhe dizer que pare com isso, de decidir por mim, definir meus passos, o que faço, como me visto ou me sinto. Venho avisando há tempos que estou farto dessa servidão, cansado dos vexames pelos quais me faz passar. Não tenho certeza do quanto me leva a sério, talvez ria da minha pretensão porque continua aí, a escrever o que quer.

Está sentado à mesa da cozinha diante do prato de sopa. Ao lado, no notebook aberto, digita alguma coisa: me aponta a porta, eu sabia que era comigo, você acaba de me trazer da rua e já me obriga a voltar a ela.

Digita mais alguma coisa: agora me faz ir até o banheiro para que eu me apronte. Armou um jogo para mim, futebol, odeio. Não tenho jeito pra coisa, levo porrada, mas é assim que você me quer, um saco de pancadas. Dou uma mijada, aperto a descarga, abaixo a tampa e me sento na privada de puro tédio. Fico assim um tempo, revendo tudo o que você me obrigou a fazer até agora, fez de mim um tolo, um palhaço de quem todos riem, fazem piada do meu andar descoordenado, da minha gagueira. Precisava ser assim?

Levanto, massageio a lombar, volto a me examinar no espelho, os lados da boca me caem num sorriso ao inverso, triste, você é mórbido, doente, veja no que me transformou, num arremedo, pareço um vira-lata faminto, vai tomar sua sopa antes que esfrie, eu digo, mas você insiste, continua a digitar, se diverte em me submeter a novas humilhações, repete que isso é cuidar de mim, que me transformou em celebridade, e por isso me compõe e descompõe, como massinha colorida, brinquedo que deixa restos sob as unhas.

Você volta a escrever no notebook, parece arrependido de ter me dado esse fôlego, quer que eu me levante, saia, vá à luta, como diz, há uma cena para terminar.

Toma a sopa, velho, peço em silêncio, me esquece, dá um tempo. Não tem lhe bastado viver às minhas custas, desfrutar da vida que construiu para mim, me tornar um fracassado e ganhar dinheiro com isso? Você é sádico. E aquele acidente que me fez sangrar como um animal? Teria sido generoso me matar naquela hora, acabar com tudo, mas não quis. Até onde vai isso, quantos capítulos mais até o último? Você precisa de mim, eu sei, só não sei como inverter os papéis pra você sentir o gosto de ser um merda.

Recomponha-se, encare a verdade, sem mim você não é nada, repete cheio de raiva sem parar de digitar, a saliva a espirrar na tela do notebook, no meu rosto.

Foi bom no começo. Vim de lugar nenhum, você me deu um nome, feições, um porte. Só depois descobri seu propósito de me tornar sua marionete, conduzir os cordões a favor das suas loucuras. Eu nem desconfiava, gostei de ter uma vida, não percebi que ela estava em suas mãos, podia ter me transformado num herói, samurai de sabre afiado, um sedutor, mas preferiu um arremate grosseiro, sem lustro.

Tento me concentrar e penso: tome a sopa agora, torcendo para que obedeça, mas você não se detém. O computador está aberto sobre a mesa numa vigília permanente, você escreve, decide que estou pronto, arrasto a mochila e um pouco de dinheiro, me faz caminhar até a porta, descreve os meus passos, eu me volto para dizer adeus. De lá, vejo que enfia a colher no prato, sorve a sopa com gosto. Espero. A brecha se abriu. Você engasga, tenta se levantar, se agarra à mesa, escorrega, cai, a louça se espatifa no chão, a garrafa, o copo, uma saliva espessa escorre da sua boca.

No piso da cozinha, o notebook continua aberto, a luz da tela ilumina o seu rosto, vejo seus olhos dilatados na minha direção, embora eu saiba que você já não seja capaz de ver minha imagem se desfazendo. Vibro como nunca. Você pensa em mim, tenho certeza, e sabe que não pode fazer mais nada por nós dois.

Exemplares impressos em OFFSET sobre
papel cartão LD 250 g/m2 e Pólen Soft LD 80 g/m2
da Suzano Papel e Celulose para a
Editora Rua do Sabão.